COLECCIÓN

CUATRO AMIGOS Y MEDIO

El caso de Papá Noel

edebé

Joachim Friedrich

El caso de Papá Noel

edebé

Título original: *4 1/2 Freunde und die Weihnachtsmann Connection.*

Paseo de San Juan Bosco, 62
08017 Barcelona
www.edebe.com

Directora de la colección: Reina Duarte.
Ilustraciones: Mikel Valverde.
Traducción: Soraya Hernán-Gómez.

3.ª edición

ISBN 84-236-6743-X
Depósito Legal: B. 41389-2004
Impreso en España
Printed in Spain
EGS - Rosario, 2 - Barcelona

Índice

1
El «regalito» de Precioso

Martes, 1 de diciembre

—Si ya lo digo yo siempre. ¡Los chicos sois tontos!

Charly abrió los ojos como platos.

—¡Oye, Estefi, no saques las uñas, que yo sólo te he hecho una pregunta!

¡Menuda mentira! Desde que esta mañana le vi por primera vez en el patio del colegio, ha ido detrás de mí como un perrito faldero, dándome la lata. Y ya estábamos en el último recreo. Pero yo aún quería hacerle rabiar un rato más.

—Pues claro que sois tontos. Yo al menos no conozco a ninguna chica que haya pedido por su cumpleaños un juego de ordenador sin tener siquiera un ordenador.

—¡Pero tú sí que tienes ordenador! —exclamó Charly por décima vez en esa mañana—. Y mi hermano no me deja ni acercarme al que tenemos en casa. Además, no es sólo un juego de ordenador. Estoy seguro de que nos será muy útil en nuestra agencia de detectives.

—¡Agencia de detectives! ¿Qué agencia de detectives?

Los ojos de Charly se abrieron aún más.

—¡Lo sabes perfectamente! Al fin y al cabo, eres miembro de mi agencia de detectives Charly & Company.

—¡Charly & Company! ¡No me hagas reír! ¿Acaso tienes algún caso que resolver? Además, no creo que con tu nuevo juego uno pueda ser mejor detective.

—¿Y tú cómo lo sabes si todavía no has jugado con él? Va de que hay que perseguir a un delincuente por todo Londres. Y sólo se le puede atrapar si se es un buen detective. Eso al menos pone en la caja.

—¿Qué? ¿Hablando otra vez del juego de ordenador, no? —escuché detrás de mí.

Era Rabanito, mi hermano mellizo. En realidad se llama Óscar, Óscar Rademacher, pero desde que alguien le dijo que parecía un pequeño rabanito, se quedó con el apodo. Algunas veces me da pena, porque todos los de su clase se meten con él por ser tan bajito. Hasta yo le saco la cabeza, y eso que soy su hermana melliza.

—Oye, Rabanito, ¿no podrías convencer a tu hermana de lo conveniente que sería para Charly & Company probar mi nuevo juego en su ordenador? —le rogó Charly.

—Venga, Estefi... —dijo él.

Allí donde surja una discusión, mi hermano intenta poner paz.

—Ya le has hecho sufrir suficiente tiempo. Además, estoy seguro de que a ti también te pica la curiosidad por ver ese juego.

Lo malo de ser hermanos mellizos es que me conoce muy bien.

—Puede ser —contesté yo—. Pero eso no significa que cualquiera pueda tocar mi ordenador.

—¿Cualquiera? —exclamó Charly—. ¿Acaso yo soy cualquiera? ¡Después de todo, piensa que formamos parte del mismo equipo!

—¡Eh, tío, eh! ¿De qué equipo hablas?

Fede se había unido a nosotros. Él es el cuarto miembro de Charly & Company. Su frase favorita es «¡eh, tío, eh!», expresión con la que se dirige a todo el mundo.

—¡De qué equipo va a ser! —suspiró Charly—. Estefi, Rabanito, tú y yo, es decir, Charly & Company.

Ya que Charly no podía hacer el papel de jefe conmigo, tenía que intentarlo con Fede.

Fede puso cara de ofendido.

—¡Eh, tío, eh! Que yo sólo he preguntado. ¡No tienes por qué echarme la bronca por eso! Y encima te has olvidado de Precioso.

Precioso es nuestro perro. En realidad se lo encontró Fede. Pero como no le dejaron tenerlo en casa, porque el piso en el que viven él y su madre es pequeño, decidimos que nos ocuparíamos de él entre todos. Desde entonces vive en la casa de campo que tienen los tíos de Charly, la tía Hilde y el tío Werner.

—No, claro que no me he olvidado de tu estúpido perro —siguió refunfuñando Charly—. Pero esto no le incumbe a Precioso.

No es fácil sacar a Fede de sus casillas, a menos que alguien insulte a Precioso.

—¡Precioso no es estúpido! —exclamó indignado—. ¡Si hay aquí algún estúpido, ése eres tú!

—¡Ya lo creo que es tonto! Desde que está con nosotros intento enseñarle las reglas más básicas del trabajo de detective, pero él ni se entera. ¡Así que es estúpido! ¡Y también es feo!

La cara de Fede se puso roja.

—¡No es verdad! —gritó—. ¡Lo que pasa es que eres demasiado imbécil para enseñarle! Y tampoco es feo. ¡Sólo que tiene un aspecto poco común!

Bueno, no sé muy bien si Charly es más estúpido que Precioso o al revés, pero en una cosa sí que tenía razón Charly: Precioso es feo. Con su oreja mordisqueada, el pelo desgreñado, sus patitas de alambre y sin dos dientes, es probablemente el perro más feo del mundo.

Lo único bonito que tiene es el nombre, y ése se lo pusimos nosotros. Pero precisamente porque es tan feo, le queremos todos tanto. Y en esto Charly no es una excepción, sólo que nunca lo reconocería.

—Pero bueno, ¿qué os pasa? —dijo Rabanito metiéndose por medio—. ¿No tenéis nada mejor que hacer que gritaros uno a otro, o qué?

Fede se cruzó de brazos.

—Yo no he empezado. Y tampoco sé por qué está tan alterado.

—Está enfurruñado porque no quiero dejarle juguetear en mi ordenador.

—¡Eh, tío, eh! ¿Otra vez por ese juego de ordenador? Estefi, déjale que lo pruebe; si no, no nos va a dejar tranquilos nunca.

—Eso ya se lo he dicho yo también —dijo Rabanito—. Pero tiene miedo de que se lo rompa.

—¿Y si te prometemos que tendremos mucho cuidado? —lo intentó Charly de nuevo—. Ninguno de nosotros tocará ni un pelo a tu querido ordenador. Incluso puedes guardar tú el juego, así podrás jugar con él cuanto quieras.

—¿De verdad tendréis cuidado? —volví a preguntar—. Mi ordenador es de los caros. Y mis padres aún están protestando por haber tenido que gastarse tanto dinero en él.

Los tres asintieron con las cabezas. Claro, ahí ya volvían a estar de acuerdo.

—Está bien. Por mí podéis venir esta tarde a mi casa. Cuanto antes lo hagamos, mejor. ¡Pero de la Coca-Cola os encargáis vosotros!

—¡Eso está hecho! —exclamó Charly—. Yo puedo traer incluso chocolate y patatas fritas. Sobró un montón de mi fiesta de cumpleaños.

Después del colegio, Rabanito y yo nos fuimos juntos a casa, como siempre. Yo no hablé mucho. Me preguntaba si no había cometido un error. Era la primera vez que dejaba a otra persona acercarse a mi ordenador. Cuando aún tenía el viejo, no me importaba tanto. Pero éste me lo acababan de regalar hacía un par de meses por mi cumpleaños. Había renunciado a todos los demás regalos, había aportado todo el dinero que tenía ahorrado y, aun así, mis padres tuvieron que soltar bastante pasta para cubrir el resto. ¿Y ahora iba a dejar que Rabanito, Charly y Fede jugaran con él? Por otra parte, realmente me apetecía mucho ver el juego que le habían regalado a Charly. Además, así estaría yo presente, pensé. Seguro que no pasaba nada malo.

Como siempre, Charly apareció el primero, cargado con botellas de Coca-Cola, bolsas de patatas fritas y tabletas de chocolate.

—¿Queréis organizar una fiesta? —preguntó mamá cuando cruzamos por el salón.

—No, no, señora Rademacher —contestó Charly—. Sólo queremos probar un nuevo juego de ordenador que me han regalado por mi cumpleaños.

—¡Pues tened mucho cuidado! —nos advirtió mamá—. ¡Estefi, ya sabes lo caro que es ese ordenador!

—¡No te preocupes, no vamos a tirarlo por la ventana! —contesté.

Aún estaba entretenida leyéndome las instrucciones del juego cuando entraron Rabanito y Fede en mi habitación. Fede llevaba a Precioso en brazos, pero en cuanto nos vio a Charly y a mí, no pudo sostenerle más tiempo. Moviendo el rabo y silbando, saltaba alrededor de Charly y de mí.

Precioso es el único perro que conozco que silba en vez de ladrar. Es por el hueco de los dos dientes que le faltan. Cuando está excitado y respira fuerte, se le escapa el aire por ahí y suena igual que si silbara.

Aunque Charly siempre esté criticando a nuestro perro, es precisamente él quien juega más con el animal. No me extrañaría nada si un día se pusieran los dos a mordisquear juntos un hueso.

Cuando terminó el jaleo de la bienvenida, le dimos a Precioso su hueso de goma, que llevamos siempre con nosotros a todas partes, y como un buen perro, se tumbó tranquilamente en un rincón a mordisquear a gusto el asqueroso chisme.

El juego que había traído Charly no estaba nada mal, aunque también era bastante complicado. Había que discurrir un montón, responder preguntas y resolver misiones.

—Es un programa de entrenamiento ideal para detectives —opinaba Charly.

Nos fuimos metiendo cada vez más en el juego y ésa fue nuestra perdición. De los primeros sínto-

mas ni nos dimos cuenta. Precioso había dejado su rincón y andaba entre nuestras piernas de aquí para allá, silbando suavemente por su hueco.

—¡Precioso, no nos molestes! —le regañó Charly—. Que ahora es cuando la cosa se pone seria. ¡Siéntate en tu rincón y muerde tu hueso!

Precioso obedeció en seguida. Pero después volvió a la carga, silbando un poco más alto.

—Creo que quiere hacer pis —dijo Rabanito.

Yo observé a nuestro pequeño amigo más detenidamente. Rabanito tenía razón. Esa mirada de súplica me era familiar.

—Vale —dijo Charly—, ¿quién se ofrece voluntario para ir con él?

Nadie alzó la mano. El juego estaba demasiado interesante.

—Seguro que en seguida damos con la solución y entonces podremos irnos todos con él a la calle —propuse precisamente yo.

Los demás estuvieron de acuerdo.

Sin embargo, por desgracia no estábamos tan cerca de la solución como yo pensaba. Pronto nos olvidamos por completo de Precioso y seguimos jugando. Sólo cuando se puso delante de la puerta gimiendo, volvimos a percatarnos de que todavía estaba ahí.

—Parece que va siendo hora —dijo Fede—. ¿No deberíamos irnos ya? Podemos seguir jugando después.

—Sólo esta última pregunta —contestó Charly—. Y después hacemos una pausa. De todas formas, ya se me están quedando los ojos a cuadros.

La pregunta que nos hizo el programa estuvo rápidamente resuelta. Y justo cuando iba a recoger, ocurrió.

—¡Eh, tío, eh! —gritó Fede—. Precioso...

Yo me levanté con la intención de lanzarme sobre él, pero fue demasiado tarde. Precioso había levantado su patita sobre la torre de mi ordenador, que chorreaba. Horrorizada, vi cómo subían pequeñas nubes de humo de color blanco grisáceo. ¡Olía que apestaba! Pero eso no fue todo. De pronto escuchamos un estallido y nos quedamos a oscuras. Precioso empezó a lloriquear y se fue pitando con el rabo entre las patas a su rincón.

—Eso tiene toda la pinta de haber sido un cortocircuito —dedujo Charly innecesariamente.

Por unos instantes me quedé petrificada del susto. Pero luego grité a todo pulmón:

—¡Precioso, eres un cerdo asqueroso! ¡Has roto mi ordenador!

Si no hubiera sido porque papá entró en la habitación, posiblemente hubiera cogido a esa bola peluda por el cuello.

Mi padre arrugó la cara.

—¡Aquí huele fatal! ¿Qué habéis hecho esta vez?

—Estefi no tiene la culpa, señor Rademacher —me defendió Fede—. Ha sido Precioso. Se... lo ha hecho sobre su ordenador.

—¿Se lo ha hecho? ¿Cómo que se lo ha hecho?

—Bueno, pues eso —contestó Charly—. Que se ha meado.

Papá se dejó caer sobre mi sofá.

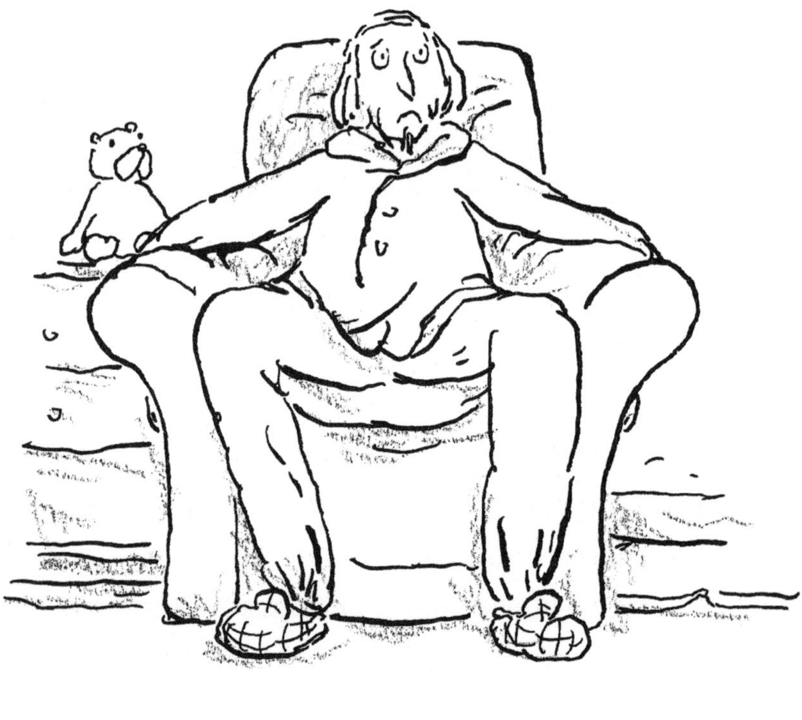

—¡Esto es increíble! ¡Pensaba que vuestro superperro estaba bien educado! ¡Si lo hubiera sabido, no entra en esta casa! Ya lo creo que no…

—¡Por favor, papá, no te enfades! —exclamé yo—. Échale un vistazo, a lo mejor todavía funciona.

—Chicos, chicos… —dijo papá moviendo la cabeza—. ¡Hay que ver la que armáis siempre! Está bien, le daré una mirada. Pero antes tengo que ir al sótano. Seguramente habrá saltado algún fusible. Y vosotros desenchufadlo, antes de que ocurra algo más.

Poco después volvimos a tener luz. Cuando papá entró en la habitación de nuevo, seguíamos agrupados alrededor del ordenador sin saber qué hacer.

—En fin, vamos a ver lo que le ha pasado —dijo arrodillándose y girando la torre hacia él.

En ese mismo instante perdí la esperanza de que mi ordenador hubiera sobrevivido al ataque de Precioso sin ningún daño. Las feas y negras huellas de humo sobre la rejilla de ventilación no dejaban lugar a dudas.

—Esto no tiene buen aspecto —dijo papá—. En absoluto. Con un poco de suerte, sólo se habrá estropeado la fuente de alimentación. Pero eso se comprueba abriendo la carcasa, y debería hacerlo un experto. ¡Dios mío! ¡Qué peste! ¿No podéis ir uno de vosotros a por agua y una bayeta para recoger esta porquería?

Rabanito en seguida salió corriendo.

Yo sentía cómo las lágrimas subían disparadas a mis ojos.

—¿Papá, y eso es muy caro?

Papá suspiró.

—Barato seguro que no es.

Yo tragué saliva.

—¿Y qué voy a hacer ahora?

—Yo en tu lugar lo llevaría mañana mismo al distribuidor al que se lo compramos. Él te dirá a cuánto asciende la reparación.

Entre tanto Rabanito había vuelto y limpiaba con cara de asco el «regalito» de Precioso. A veces es un verdadero sol. Charly y Fede estaban al lado, de pie como pasmarotes, sin decir ni una palabra.

Papá se levantó lentamente, se inclinó y me acarició la cabeza.

—Lo siento, pequeña. Pero no olvides nunca que con experiencias como ésta madura uno.

Luego salió de la habitación.

¡Vaya consuelo! Claro que no era de extrañar que papá utilizara la avería de mi ordenador para llevar a cabo su programa educativo. Al fin y al cabo, era profesor.

En cuanto papá cerró la puerta tras de sí, Charly y Fede volvieron a la vida.

—¡Eh, tío, eh! ¡Espero que Precioso no haya recibido ningún latigazo de corriente!

—¡Por mí, como si se ha chamuscado! —dije yo mientras él se lanzaba hacia Precioso para examinarlo.

—No seas tan dura con Precioso —dijo Charly—. El pobre nos avisó con tiempo suficiente.

—Sí, sí, ya lo sé. ¿Pero tenía que escoger precisamente mi ordenador? ¿No podría haber elegido el escritorio o la lámpara de pie?

—¡No está herido! —informó Fede—. Al menos que yo pueda ver. Sólo está muy asustado, mi pobre pequeñín.

—Sí, pobre —contesté yo—. Después de que haya pagado la reparación, yo seré la más pobre de todos, y eso, suponiendo que pueda pagarla.

—¿Tendrás que pagarla tú? —preguntó Fede en voz baja.

—Seguramente. No creo que encima mis padres estén dispuestos a soltar ni una gorda por esto. El ordenador ya costó suficiente.

—¡Sí, olvídalo! —confirmó también Rabanito, que conoce a mis padres tan bien como yo—. ¡Mamá y papá no pagarán esto en la vida!

—¿Y tienes tanto dinero? —quiso saber Charly.

—Si la reparación no cuesta más de doce con cincuenta, sí.

—Podríamos juntar todo lo que tenemos —propuso Fede—. Al fin y al cabo, todos hemos tenido algo de culpa y Precioso es de todos.

De buena gana hubiera besado a Fede por esta propuesta. Incluso Charly y Rabanito estuvieron de acuerdo. Debían de tener remordimientos de conciencia.

Tras contar nuestros ahorros, llegamos a la nada despreciable cantidad de treinta y ocho con cincuenta.

—No será suficiente —dedujo Fede acertadamente.

Esa noche tuve una pesadilla. En ella Precioso correteaba por nuestra casa silbando y dejando sus «regalitos» por todas partes. Rabanito, Fede, Charly y yo lo perseguíamos. Rabanito llevaba en la mano una grabadora; Charly, un juego de ordenador; yo, un cuchillo, y Fede, un maletín de primeros auxilios, mientras que papá repetía continuamente que tendríamos que pagarlo todo.

Miércoles, 2 de diciembre

Por suerte papá tenía tiempo esa tarde y aceptó llevarnos con su coche. El ordenador pesaba demasiado para llevarlo a cuestas.

Cuanto más nos acercábamos a la tienda, más nerviosa me iba poniendo. Era la misma sensación que cuando sabía que nos iban a devolver algún examen en clase.

Fede y Charly ya nos estaban esperando allí. Por suerte no se habían traído a Precioso. Creo que aquella tarde no hubiera soportado verlo.

Papá nos ayudó a transportar el ordenador a la tienda, pero después se marchó en seguida afuera. Yo sabía por qué lo hacía. Quería demostrarnos que él no tenía nada que ver con el asunto.

La tienda era minúscula y estaba repleta de artilugios de esos que hacen latir más rápido el corazón de los fanáticos de la informática. Nosotros éramos los únicos clientes.

—Hola, chicos —nos saludó el mismo hombre

que nos había vendido el ordenador—. ¿Qué puedo hacer por vosotros?

Yo señalé mi torre.

—Está rota y queríamos preguntar cuánto podría costar la reparación.

El hombre salió del mostrador y le echó un rápido vistazo a mi precioso ordenador.

—Oh, oh —dijo levantándolo sin más explicaciones y llevándoselo al taller.

—¿Oh, oh? —repitió Charly—. ¿Qué habrá querido decir con eso?

—Ni idea —contestó Rabanito—, aunque seguro que no es nada bueno.

Sin embargo, el hombre sonreía cuando poco después volvió a salir del taller.

—Chicos, creo que habéis tenido suerte. Aparte de la fuente de alimentación, no parece que tenga estropeado nada más. Por cierto, ¿qué le ha ocurrido al aparato?

—¡Se ha mojado! —dije yo rápidamente, antes de que alguno de los otros contara la vergonzosa historia.

—¿Y cuánto costará la reparación? —planteó Fede la decisiva pregunta.

El vendedor se rascó la barbilla.

—Bueno, con trescientos puede que os llegue.

—¿Trescientos? —exclamé yo—. ¿Tan caro?

—¿Qué pasa? ¿Que no tenéis tanto dinero, no?

Casi a la vez movimos todos la cabeza negativamente.

El vendedor suspiró.

—Doscientos cincuenta, pero sólo porque me lo habéis comprado a mí.

—Es que tampoco tenemos tanto —dije yo en voz baja.

—Bueno, tal vez vuestros padres os den lo que os falta.

Cuando volvimos con la torre al coche, únicamente dije:

—¡Doscientos cincuenta!

—Podría haber sido peor —contestó papá.

¿Peor? Si él sabía perfectamente que nosotros nunca podríamos conseguir tanto dinero... Por algo es él quien nos da todos los meses la paga.

—¿No podríais pagarlo vosotros? —preguntó Rabanito, una vez más en mi nombre.

Papá le miró primero a él y luego a mí.

—Mamá y yo estuvimos hablando anoche sobre esto y podemos pagaros la reparación como regalo de Navidad. A cambio, deberéis renunciar a otros regalos.

Rabanito respiró hondo y no dijo nada.

—¡Pero si ya hemos pedido otras cosas! —exclamé yo.

—Ya —dijo papá—. Pero todo no puede ser. O la reparación o los regalos que habéis pedido.

Estuve a punto de aceptar, pero algo me retuvo. Posiblemente fue el orgullo.

—No —dije finalmente—. Ya reuniremos el dinero de alguna forma. ¡Y si no, ahorraremos!

Papá asintió.

—Como queráis.

Mientras volvíamos a cargar la torre en el maletero, nadie dijo nada más.

—Bueno, entonces, hasta mañana en el colegio —se despidió Charly como si tal cosa, y se marchó con Fede.

De camino a casa tenía una horrible rabia en la boca del estómago. No sabía exactamente qué es lo que me daba tanta rabia. Y eso me ponía aún más furiosa. Para cuando llegamos a casa, tenía ganas de mandarlos a todos de una patada a la luna: a mis padres, porque no querían pagar la reparación; a Precioso, por mearse en mi adorado ordenador; y naturalmente a Charly, sin cuyo juego no hubiera ocurrido nada de todo esto.

Jueves, 3 de diciembre

Cuando nos encontramos en el patio del colegio antes de clase, Charly puntualizó algunas cosas:

—Fede y yo decidimos ayer que no os vamos a dejar colgados —dijo en seguida.

—¿Y eso qué significa? —quise saber.

—¡Pues está muy claro! Que también intentaremos reunir el dinero —Charly sacó una nota de su bolsillo—. Mira, yo ya le he estado dando vueltas a la cabeza.

Eso era típico de Charly. Él no podía dejar nada al azar.

Cogí la nota y la leí:

1. *Preguntar a los abuelos y a los padres.*
2. *Vender cosas valiosas.*
3. *Cobrar una recompensa.*
4. *Aceptar un trabajo.*

—¡Eh, tío, eh! —exclamó Fede, después de leerla él también—. ¿Qué cosas valiosas vamos a vender?

—¿Y por qué quieres cobrar una recompensa? —preguntó Rabanito.

Charly levantó las manos.

—¡Despacio! Una cosa detrás de la otra. Cuando hice la lista, estaba pensando en algo.

—¿Que tú has pensado? —le interrumpí—. Eso sí que es una novedad.

Cuando Charly suelta frases de ese tipo, cosa que hace con frecuencia, no puedo remediar llevarle la contraria. Porque si no, un buen día se va a creer de verdad que es algo así como nuestro jefe.

Charly está bastante acostumbrado a mis salidas, así que continuó hablando como si nada.

—En primer lugar he puesto lo que es más fácil, y en último lugar, lo que da más trabajo.

—¡Eh, tío, eh! Trabajar siempre es lo que da más trabajo.

Tengo que reconocer que Fede poco a poco va aprendiendo.

—O sea, que opinas que deberíamos actuar de arriba abajo, ¿no? —quiso saber Rabanito.

Charly asintió.

—Así es, colega.

—Estefi y yo ya les hemos preguntado a nuestros padres.

—Eso ya lo sé. Pero Fede y yo aún no. Aunque yo ya sé lo que me van a decir los míos, pero al menos deberíamos intentarlo. Y luego también están las abuelas y los abuelos.

—Está bien —dije yo—. Esta tarde llamamos todos a nuestros abuelos. Y mañana ya veremos cuál ha sido el resultado.

—¡Eh, tío, eh! ¿Puedo preguntarte ya qué cosas

valiosas quieres vender? Porque yo no tengo nada valioso. Y aunque lo tuviera, ¿quién iba a comprarlo?

Charly señaló a su alrededor.

—Aquí hay tipos suficientes, ¿no?

—Sí, tipos que están tan pelados como nosotros —añadí yo—. ¡Jo, tío, dentro de un par de semanas es Nochebuena, y tú sabes perfectamente la cantidad de dinero que se va en regalos!

Charly mostró su desacuerdo con un gesto de la mano.

—Algunos de aquí tienen pasta suficiente. De eso estoy seguro.

—Sigue quedando la pregunta de qué les vamos a vender —dijo Rabanito.

—¿Es que no tenéis nada? ¿Qué me dices de tus tebeos, Rabanito?

—¿Estás loco? —exclamó mi hermano—. ¡Por encima de mi cadáver! ¡Vende tú algo!

—Si ya he estado pensando, pero a mí tampoco se me ha ocurrido nada que pueda vender sin que mis padres se suban por las paredes.

También Fede movía la cabeza.

—En mi caso os encontraréis con un agujero negro. Nada.

—Entonces llegamos al punto 3: «cobrar una recompensa» —dijo Rabanito en tono burlón.

Excepcionalmente, Charly captó que no le estábamos tomando en serio.

—¡Pues está bien claro! —exclamó, cuando también Fede y yo nos lo quedamos mirando con cara de interrogación—. ¡Sólo tenemos que esforzarnos más para resolver algún caso! Y entonces cobraremos la recompensa.

—Si tengo que esperar a eso, ya puedo tirar mi ordenador directamente a la basura.

—Pues sólo queda que busquemos algún trabajo —dedujo Fede.

—Por el momento, esperemos hasta saber cuánto dinero nos aporta la acción «padres y abuelos» —propuso nuestro jefe—. ¿O es que tenéis ganas de trabajar?

Sobre ese punto nos pusimos rápidamente de acuerdo.

Rabanito y yo entramos en acción nada más

terminar de comer. Llamar por teléfono nos pareció demasiado peligroso. Mamá y papá no tenían por qué enterarse de todo. Como tanto los padres de mamá como los de papá vivían en la ciudad, fuimos a verlos en bici.

Cuando volvimos a casa, ya al atardecer, nos salían los bizcochos y las galletas por las orejas, y nuestra riqueza había aumentado en treinta euros.

—No está nada mal —opinó Rabanito cuando, después de cenar, estábamos sentados en su habitación contando nuestra fortuna—. Si Charly y Fede han recibido tanto como nosotros, habremos avanzado un buen trecho.

Viernes, 4 de diciembre

Al igual que el día anterior, Charly y Fede ya nos estaban esperando cuando nosotros llegamos al patio del colegio. Bastó una mirada a sus caras para comprender que los milagros sólo suceden en los cuentos.

—Treinta y cinco —dijo Charly.

—Doce con setenta y cuatro —añadió Fede.

—¿Doce euros setenta y cuatro? —repitió Rabanito—. ¿Cómo has conseguido eso?

—¡Eh, tío, eh! Que yo sólo tengo una abuela, y ella me ha dado su colección de céntimos.

—En resumen, ¿cuánto tenemos ahora entre todos? —quise saber yo.

Charly sacó un papel y empezó a sumar.

—Ciento dieciséis euros con veinticuatro.

Aunque no supuso ninguna sorpresa para mí, me asusté.

—¡Así que todavía faltan casi ciento cuarenta euros!

—¡Eh, tía, eh! ¡Y además tenemos que comprar los regalos de Navidad!

—No nos queda otro remedio que buscar un trabajo —propuso Charly, como si no hubiera cosa más fácil que ésa.

—¿Y cómo lo vamos a conseguir, listillo? —empecé a meterme con él.

¡Con esos aires que se da, me pone de los nervios!

—Yo ya he pensado en algo.

—¡Eh, tío, eh! ¿No puedes decirlo sin tanta intriga?

—A veces leo los anuncios del periódico, por si alguien busca a un detective, y me he dado cuenta de que algunas empresas buscan también a estudiantes para trabajos durante las vacaciones y cosas así.

—Pero nosotros aún no tenemos vacaciones —dijo Rabanito.

—¿Y qué más da? A lo mejor sale algo para hacerlo por las tardes.

—¡Eh, tío, eh! Rabanito, tú has cuidado alguna vez al crío de tus vecinos. ¿No podríamos volver a hacerlo?

Rabanito movió la cabeza.

—Desde que estoy en Charly & Company ya no tengo tiempo para eso. De modo que Basti ahora tiene un nuevo canguro.

—Entonces sólo quedan los anuncios de trabajo del periódico —dijo Charly—. Mañana es sábado. Es el día que más anuncios hay.

2
Bebés superdotados y otros talentos

Sábado, 5 de diciembre

Poco después del desayuno, Rabanito y yo nos dirigimos a casa de Fede, donde habíamos quedado todos. Por suerte, nuestros padres siempre leen el periódico mientras desayunan y luego lo dejan, de forma que pudimos llevárnoslo sin que nadie se diera cuenta. Nuestros padres debían enterarse de los planes que teníamos lo más tarde posible.

—Quedaremos a primera hora de la mañana —había decidido Charly—. Porque si no, los mejores trabajos ya estarán adjudicados. Y que cada uno traiga un periódico. Así iremos más rápidos.

¡Se comportaba como si el periódico estuviera lleno de trabajos apropiados para nosotros!

—¿Qué? ¿Vais a celebrar otra de vuestras reuniones aquí? —nos saludó la madre de Fede.

Desde nuestro último caso, nos reuníamos a menudo en casa de Fede y su madre. A mí me encanta que quedemos allí. Es todo muy acogedor. En nuestra casa el ambiente es más estirado.

No habíamos hecho más que acomodarnos en la habitación de Fede cuando ya entró su madre con una bandeja de panecillos.

—Así es mucho más divertido jugar a los detectives —dijo sonriendo, y volvió a marcharse.

—¡Jugar! —bufó Charly—. ¿Cuándo van a tomarnos en serio los adultos de una vez?

—Deja ya de lloriquear y vamos a ojear el periódico —le contesté yo.

Charly tenía razón. Efectivamente el periódico estaba repleto de anuncios de trabajo. Pero casi todos nos venían un poco grandes.

—¡Eh, tíos, eh! —exclamó de repente Fede—. ¡Los sábados también echan en el buzón un montón de hojas de propaganda! ¡Tal vez ahí encontremos algo!

Fue a buscarlas y nos inclinamos sobre ellas. En la segunda página todos nos fijamos casi a la vez en uno de los anuncios:

¡Buscamos niños con talento interpretativo!

Agencia Jingle Bells

Calle Kirchstrasse, 15 A

Presentarse el lunes a las 15.00 horas.

Charly dio un brinco.

—¡Chicos, lo tenemos! ¡Lo tenemos!

—Talento interpretativo —murmuró Rabanito—. ¿A qué se referirán?

—¡Rabanito, tío! —exclamó Charly—. ¡Pero si está clarísimo! Están buscando niños para la televisión o el cine. Siempre buscan así a los nuevos talentos.

—¡Eh, tío, eh! ¿Qué tipo de cine?

—¿Y yo qué sé? ¡Incluso puede tratarse de una película sobre espías o una policíaca!

—Claro —dije yo—. Seguro que buscan el protagonista de una película de Hollywood.

Aunque nuevamente Charly me había puesto en bandeja poder tomarle el pelo, lo dejé pasar. Aquel anuncio también había despertado mi curiosidad. ¿Sería cierto que allí repartirían un papel para la televisión o el cine?

Lo que estaba claro era que el lunes a las tres en punto apareceríamos por la agencia Jingle Bells. Y yo hasta acepté que Fede llevara a Precioso, aunque primero tuve que prometerle que no iba a hacerle nada a ese pequeño monstruo silbante.

Domingo, 6 de diciembre

¿Qué hace uno un domingo por la tarde sin ordenador? ¡Es un infierno! Mis padres se habían ido a pasear, Rabanito estaba en su habitación leyendo esos tebeos descerebrados y a mí se me caían las paredes encima. Tan desesperada estaba, que me lancé sobre el árbol de Navidad, repleto de chocolates, que habíamos puesto la noche anterior. Finalmente fui al salón y me senté frente al televisor: programas infantiles y películas de épocas que estudiamos en nuestros libros de Historia.

Así que cuando sonó el timbre de la puerta y apareció Charly, me alegré de verdad, algo que no me suele ocurrir a menudo, porque normalmente aparece en los momentos más inoportunos, es decir, cuando estoy frente al ordenador.

Nos pusimos cómodos en mi habitación.

—¿No vas a llamar a Rabanito? —me preguntó.

Ni que lo hiciera adrede. A veces pienso que Charly se busca él solito que le tome el pelo.

—¿Por qué lo preguntas? —le contesté—. ¿Acaso no quieres estar a solas conmigo?

Siempre funciona. El pobre se puso rojo.

—No, no quería decir eso. Es más, me alegro de que pueda hablar contigo a solas.

—¿Por qué?

—Porque quería preguntarte si tú crees que tengo talento.

—¿Cómo?

—Quiero decir como actor. Es que he estado ensayando frente al espejo.

—¿Que has hecho qué? —estaba tan sorprendida que no pude ni reírme.

—¡Por favor! ¡Por favor, Estefi, no me delates! Seguro que Fede y tu hermano se reirían de mí.

—¿Y crees que yo no voy a hacerlo?

—Bueno, sí, pero de ti ya estoy acostumbrado. Como tú siempre te burlas de mí.

—De eso sólo tú tienes la culpa.

—¿Por qué?

—Si quieres saberlo, te lo diré. ¡Porque siempre juegas a ser el jefe, y porque te tomas todo eso de los detectives demasiado en serio! ¿O es que te crees de verdad que algún día vamos a resolver un caso auténtico, con recompensa y todo eso?

Charly abrió los ojos como platos.

—¡Pues claro! ¿Y por qué no?

—Pues porque no vivimos en Nueva York, sino aquí. Y porque tampoco somos esos tipos fantásticos de las películas, sino..., pues eso, porque somos completamente normales.

—¿Normales? —exclamó Charly—. ¿Que nosotros somos normales?

—Bueno, más o menos —reconocí—. De todas formas, es igual. A lo mejor tienes razón y los de la agencia buscan a alguien para una película policíaca. Así al menos podremos actuar como si lo fuéramos.

—Eso, si nos cogen —dijo Charly—. Por eso precisamente me puse a ensayar.

Ya no hubo quien lo frenara. Me demostró lo que había ensayado delante del espejo: un policía insistente que estaba interrogando a un delincuente especialmente malvado, un brutal atracador de bancos que obligaba al cajero a entregarle el dinero, y un pobre huérfano que se abría camino en la vida con robos esporádicos y que era atrapado por la policía.

—De esta forma, estaré preparado para todo —opinaba Charly.

Creo que ya no es necesario comentar que me salvó la tarde del domingo. Ninguna película hubiera podido ser más divertida.

Lunes, 7 de diciembre

Algo sí había conseguido Charly con su actuación: yo sentía aún más curiosidad que antes por lo que nos esperaría en la agencia Jingle Bells. Sin embargo, nuestra presentación comenzó directamente con un patinazo: llegamos tarde. La culpa la tuvo Fede. Llevábamos esperando por lo menos veinte minutos ante el edificio de la calle Kirchstrasse 15 A, y Charly ya había consultado su reloj por lo menos veinte veces, cuando Fede por fin apareció corriendo por una esquina. Naturalmente, llevaba a Precioso en brazos. Si seguía así, nuestro perro terminaría por olvidarse de cómo se anda.

—¡Ya era hora! —exclamó Charly—. ¡Si por tu

culpa no nos dan el papel, ya puedes ir preparándote!

—¡Eh, tío, eh! —jadeaba Fede cuando por fin, sin aliento, se unió a nosotros—. Precioso no quería venir. Casi me muerde.

—¿Morderte? —me extrañé yo—. ¿Ah, pero sabe morder?

Fede me fulminó con la mirada.

—Quería comer primero —explicó entonces—. Es que le había llevado algo para esta noche, pero no quiso esperar tanto.

—¿Te lo ha dicho él? —le pregunté.

—Y qué más da —se metió Rabanito por medio—. Ahora ya estamos todos, así que vamos a entrar de una vez. Al final sí que se nos va a hacer demasiado tarde.

La agencia Jingle Bells se encontraba en el segundo piso. Nada más entrar por la puerta, vimos a una señora sentada tras un gran escritorio, una especie de recepcionista.

—¿Llegamos demasiado tarde? —preguntó Charly en seguida.

Ella le sonrió muy amable y movió la cabeza.

—No, pero han llegado varias personas antes que vosotros, de modo que tendréis que esperar un poco.

—No hay problema —dijo Charly, generoso—. Tenemos tiempo.

La señora tomó nota de nuestros nombres y luego nos mostró en qué habitación debíamos esperar.

Cuando abrí la puerta, me entraron ganas de darme media vuelta y marcharme a mi casa. La habitación estaba tan llena como la sala de espera del médico en época de gripe. Conseguimos un sitio para sentarnos en un rincón de la habitación.

Yo miré un poco más detenidamente a mi alrededor. Lo primero que noté fue que éramos los únicos que no venían acompañados de sus padres. Posiblemente ésa era la razón por la que los adultos nos miraban tan desconfiados.

—¡Eh, tíos, eh! —susurró Fede—. ¿Por qué nos miran así?

—Está claro —susurró Charly—. Tienen miedo de que les quitemos el papel a sus retoños.

—¿No sería mejor que nos fuésemos? —opinó Rabanito—. Seguro que, para cuando nos toque, ya habrán dado el papel a otro.

Charly hizo un gesto de desaprobación con la mano.

—¡Tonterías! En primer lugar, no se deciden hasta que no han visto a todos, y en segundo lugar, esto parece una guardería. ¡No tenemos competencia!

Tenía razón. A nuestro lado había incluso una señora con un bebé sentado en su regazo. Llevaba una chaquetita con muchas puntillas, un pantaloncito con puntillas, calcetines con puntillas y un gorrito con puntillas, como sacado de un catálogo de unos grandes almacenes. Aunque no desentonaba. A la vista de lo presente, nosotros éramos los únicos que íbamos vestidos con ropa normal. Todos los demás se habían arreglado y emperifollado como si fueran al cumpleaños de la abuela. Una chica hasta se había presentado con su traje de ballet. Se levantó unas cuantas veces y se flexionó como si estuviera haciendo ejercicios de calentamiento para una actuación.

—¡Eh, tío, eh! —gruñó Fede con voz temblorosa cuando pasó por nuestro lado de puntillas y nos miró desde arriba de forma presumida—. ¿Tendremos que bailar nosotros también?

—No te lo vayas a hacer en los pantalones —contestó Charly por mí—. En el anuncio no ponía nada de eso.

La señora con el bebé lleno de puntillas nos miraba fijamente.

—Probablemente buscan actores para algún anuncio de publicidad —metió baza al fin—. En estos casos nunca se sabe lo que están buscando. Yo he pasado por esto varias veces. Porque mi Max es un talento natural.

Me preguntaba si no tendría a su peluquero para contárselo. Por eso sólo contesté:

—Vaya.

Pero a la mamá de Max no había quien la frenara.

—Por ejemplo, ¡puede reírse con sólo pedírselo! —dijo en voz alta, para que todos los que estábamos en la habitación pudiéramos oírlo—. ¡Max, ríete un poquito!

El pequeño Max no hizo ni caso a la orden de su mamá. Estaba chupeteando su biberón y observaba muy interesado una mosca que trepaba por la pared.

—¡Vaya, qué tonta es mamá! ¡Cómo va a reírse mi pequeño Max si tiene el biberón en la boca!

Ni corta ni perezosa se lo quitó. En ese mismo instante el talento natural empezó a berrear como si lo estuvieran matando. Con la misma rapidez con la que se lo había quitado, su mamá le volvió a enchufar el biberón.

—Normalmente lo hace siempre —murmuró, y acto seguido se dedicó a hacer lo que todos los demás: mirar ante sí sin decir una sola palabra.

Nadie miraba al otro, como si temieran que por su mirada los demás podrían darse cuenta de lo mucho que anhelaban ese papel.

Cuanto más tiempo esperábamos, más me recordaba todo aquello a la espera en el médico. Se hacía igual de largo y era igual de aburrido. Llegó un momento en que hasta los ejercicios de calentamiento de la presumida bailarina tonta del bote eran una bienvenida distracción.

De cuando en cuando se abría una puerta, que al parecer conducía al despacho de al lado. Un señor con el cabello despeinado y unas gafas que reposaban caídas sobre su nariz asomaba la cabeza en la sala de espera, decía algunos nombres y volvía a desaparecer en el despacho con el próximo candidato. A veces transcurría sólo un par de minutos y otras veces mucho más tiempo hasta que la puerta se volvía a abrir y los últimos candidatos salían. Éstos se iban directamente hacia la salida con caras muy serias o enfadados por haber perdido tanto tiempo. Algunos niños lloraban. Entre ellos también estaba la bailarina. Aunque a mí no es que me diera mucha pena.

—Ésos se han enfadado porque no les han dado el papel —dijo Charly.

Después de un tiempo, que a mí me pareció una eternidad, sólo quedábamos Max, el talento natural, y nosotros. El señor, cuyos pelos cada vez estaban más despeinados y cuyas gafas se sujetaban ya únicamente por un grano que tenía en la punta de la nariz, volvió a aparecer y llamó a la ambiciosa mamá. Ella entró, la puerta se cerró y poco después escuchamos el horripilante berrido de Max.

—¡Eh, tíos, eh! Ahora le ha quitado el biberón —dijo Fede.

—Tal vez haya anuncios de publicidad para los que los bebés tienen que ponerse a berrear cuando se les da la orden —dijo Rabanito—. En ese caso tendría todas las papeletas.

No habíamos terminado de reírnos cuando la puerta se abrió bruscamente y la mamá salió escopeteada con la cara roja como un tomate y soltando unos insultos muy feos por su boca. Max seguía berreando, a pesar del biberón.

Unos segundos después, salió precipitadamente del despacho el hombre del peinado de repollo. Levantó los brazos como si quisiera decirle algo a la mamá, pero luego los volvió a dejar caer y se apoyó contra la pared poniendo los ojos en blanco. Llevaba las gafas en la mano.

Después de un buen rato, miró finalmente hacia nosotros.

—¿Vosotros vais juntos?

Asentimos. Con un movimiento de cabeza nos indicó que le siguiéramos. Por fin íbamos a enterarnos de lo que se escondía tras ese anuncio.

La habitación de al lado no era especialmente excitante: un escritorio de oficina normalito y una mesa de reuniones. Dentro había otro hombre sentado. El tipo de las gafas se sentó a su lado y señaló las sillas libres.

—Por favor, tomad asiento —dijo.

El hombre que estaba a su lado sólo asintió con la cabeza. Era mayor. Tenía el pelo casi blanco y llevaba una barba como de marinero. Me sonaba de alguna parte. ¿Sería un actor? No caía en quién podía ser, pero no había despertado únicamente mi interés. Precioso, que durante todo ese tiempo se había mantenido como un buen perro, tranquilo y casi temeroso, sentado en el regazo de Fede, al ver al hombre con la barba de marinero, se revolucionó por completo. Silbaba por su desdentada boca y empezó a toser como un loco, o a ladrar. En el caso de Precioso, es difícil de distinguir.

Fede casi no podía sujetar a nuestro amigo de lo fuerte que movía el rabo.

—¿Y a ti qué es lo que te pasa ahora, Precioso? —exclamó—. ¿Tan simpático te parece este señor?

El entusiasmo de Precioso no fue correspondido.

—¡Sujetad bien fuerte a ese chucho! —exclamó—. ¡No soporto a estos bichos!

En ese mismo instante había declarado la guerra a Fede.

—¡Eh, tío, eh! ¡No es ningún chucho! —protestó—. ¡Y mucho menos un bicho!

—Vale, vale, está bien. De acuerdo. ¡Pero mantenedlo alejado de mí!

—Nada me complace más que eso —gruñó Fede ofendido, y mantuvo a Precioso bien abrazado, cosa que éste le agradeció con un silencioso y penoso lloriqueo.

El hombre de la barba blanca tosió ligeramente.

—Si ya nos hemos calmado todos, podemos ir al grano. Después de las experiencias del día, prefiero deciros abiertamente de lo que se trata. Mi nombre es Blumenthal y éste es mi socio, el señor Schulz.

El cabeza de repollo nos saludó con un movimiento de cuello y volvió a ponerse las gafas.

—Llevamos una agencia que organiza actividades en el ámbito de la promoción comercial.

—O sea que al final sí que es publicidad —dijo Charly decepcionado.

El señor Blumenthal movió la cabeza negativamente.

—No es publicidad, sino promoción comercial. Significa que nosotros vamos con nuestras actuaciones a los comercios de nuestros clientes, sobre todo a grandes superficies.

—¿Se refiere a esa gente que está delante de los comercios vendiendo artículos de limpieza, ollas o bisutería?

—No, no, eso no es. Nosotros nos hemos especializado en la Navidad —dijo el señor Schulz sonriéndole a Charly.

De repente me vino una idea terrible.

—¿Quiere decir que alquilan Papá Noeles? ¿Esos tipos con barbas falsas, abrigos rojos y una campanilla en la mano?

—Si quieres llamarlo así..., sí —contestó el señor Blumenthal—. Aunque nosotros siempre le echamos un poco de imaginación.

—Este año queremos ofrecerle a uno de nuestros clientes algo nuevo —añadió el señor Schulz—. ¿Conocéis los grandes almacenes Hurtig?

Los conocíamos. Es el establecimiento más grande de nuestra ciudad.

—Este año estamos organizando para Hurtig una tómbola prenavideña. A partir del sábado que viene tendremos, cada día en un departamento diferente, a un Papá Noel con una Rueda de la Fortuna, para que todo el que quiera pueda hacer girar la rueda y ganar pequeños premios.

¡Papá Noeles! Y nosotros que creíamos que próximamente nos podría ver todo el mundo en la televisión o en el cine. Si no hubiera sido porque necesitaba el dinero tan urgentemente, me hubiera dado media vuelta y me hubiera marchado en seguida. Además, quedaba todavía una pregunta muy importante sin contestar:

—¿Y para qué nos necesitan a nosotros?

El señor Blumenthal titubeó unos instantes, como si le diera corte contestar.

—Bueno, ha sido idea del Director de Ventas de Hurtig —dijo finalmente—. Pensó que resultaría soso que fuese Papá Noel quien entregara los regalos. La dirección de Hurtig insistió en que debían ser angelitos los que se hicieran cargo de esto por él y que también dijeran un breve y agradable poema navideño al entregar los regalos. Así que estamos buscando a dos niños que nos aporten un poco de talento interpretativo.

Fede se levantó de un brinco.

—¿Angelitos? ¿Poema? ¡Se me están poniendo los pelos de punta!

—A nosotros tampoco nos gusta, pero Hurtig es nuestro mejor cliente —dijo el señor Schulz—. ¿Así, qué? ¿Queréis hacerlo?

Fede iba a contestar, pero yo le detuve.

—¿Cuánto se gana con eso?

El señor Schulz se colocó bien las gafas.

—La acción comienza el próximo sábado y dura hasta Nochebuena. Eso son nueve días laborables y dos sábados. Los días laborables trabajamos cuatro horas, y los sábados, ocho. Eso da un total de cincuenta y dos horas. Pagamos a cinco euros la hora. Eso hace un total de doscientos sesenta euros por angelito, o sea quinientos veinte los dos.

—¿Podemos salir afuera un momento? —pregunté—. Tenemos que hablarlo primero.

El señor Schulz suspiró.

—Está bien. Pero no tardéis mucho. No tenemos todo el día.

Me levanté y salí. Los demás no tuvieron más remedio que seguirme.

En cuanto nos encontramos en la sala de espera, Fede comenzó a señalarse con el dedo índice en la sien.

—¡Angelitos! ¡Eh, tíos, eh! Ese tío no está bien de la azotea. ¡Conmigo que no cuente!

—¿Por qué no? —preguntó Charly—. Los grandes actores empiezan así.

—¿Haciendo de angelitos? —preguntó Rabanito.

—No, no necesariamente de angelito. Pero con pequeños e insignificantes papeles.

—¡Aun así! —exclamó Fede—. Esto es demasiado estúpido. ¡Imaginad que nos ve alguien que nos conoce! ¡Qué vergüenza! ¡Además, a ese tipo no le gusta Precioso!

—A propósito de Precioso —le interrumpí—, parece que has olvidado el motivo por el que estamos aquí. Sin tu Precioso, nos podríamos haber ahorrado todo esto. ¡Con ese dinero podemos pagar cómodamente la reparación y encima nos sobraría algo!

Fede bufó, pero no dijo nada más.

—¿Y tú qué opinas? —le pregunté a mi hermano.

Rabanito se encogió de hombros.

—Hombre, yo me había imaginado otra cosa, pero, por mí, podemos intentarlo.

Volvimos al despacho y nos sentamos.

—¿Ya habéis tomado una decisión? —quiso saber el señor Schulz.

—Sí —contesté yo—. Queremos intentarlo.

El señor Schulz le sonrió a su socio.

—Bueno, ¿y qué es lo que tenemos que hacer exactamente? —preguntó Charly.

El señor Schulz rebuscó entre sus documentos, sacó cuatro folios y nos entregó uno a cada uno.

—Tenéis que aprenderos esto de memoria y recitárselo a cada cliente que gane un regalo.

En el folio venía el poema más absurdo que jamás había leído:

Papá Noel y nosotros, sus angelitos,
queremos ser vuestros amiguitos.
Los almacenes Hurtig los regalos dona,
y Papá Noel su bendición pregona.

—Lo he escrito yo mismo —nos contó el señor Blumenthal, orgulloso—. ¿Podríais aprendéroslo en un momento?

—¿De verdad hay que hacerlo? —preguntó Fede.

El señor Schulz asintió con la cabeza.

—No es ningún problema —opinó Charly—. Si hacemos lo mismo en el colegio casi todas las semanas.

El señor Schulz y su socio nos dieron unos minutos de tiempo. Luego tuvimos que recitarlo uno detrás de otro. Rabanito, Fede y yo lo hicimos bastante bien. Fue como en el colegio. Y luego le toco el turno a Charly. Probablemente quiso demostrar el talento interpretativo que había ensayado frente al espejo. La cuestión es que zarandeaba los brazos en el aire mientras su expresión facial cambiaba de policía insistente, a violento atracador de bancos y a pobre niño huérfano.

Los señores Blumenthal y Schulz estaban sentados tras su mesa y miraban atónitos y boquiabiertos a Charly.

—Bueno —dijo finalmente el señor Blumenthal—, eso ha sido una interpretación..., eh..., yo diría que... poco corriente.

—¿Nos darán el papel? —preguntó nuestro actor profesional.

El señor Schulz alzó las manos.

—No tan deprisa, mi joven amigo. Primero tenemos que decidirlo entre nosotros y después necesitaremos la autorización escrita de vuestros padres antes de poder contrataros. Es porque sois menores de edad.

—¿Y qué hacemos ahora? —quise saber.

El señor Schulz me entregó otro folio.

—Escribid ahí un número de teléfono en el que podamos contactar con vosotros. Os llamaremos en los próximos días.

Cuando salimos a la calle, ya se había hecho de noche, de modo que nos pusimos en seguida de camino a casa. Durante un rato fuimos uno al lado del otro sin mediar palabra. No sé en qué estaría pensando Charly, pero estaba segura de que Rabanito y Fede, al igual que yo, estaban dándole vueltas a la brillante actuación de Charly.

Fede fue el primero en pronunciarse:

—¡Eh, tío, eh! ¿Viste eso en la tele o es que te dio un calambre en la cara?

—¡No tenéis ni idea! —se enfadó Charly—. Largar un verso de carrerilla lo sabe hacer cualquiera. Yo quiero conseguir ese trabajo como sea.

—¡Eh, tío, eh! Si yo también quiero que Estefi recupere su ordenador. Pero no entiendo cómo se puede estar tan ansioso por recitar unos versos ridículos en los grandes almacenes Hurtig.

—Tengo mis motivos —le contestó Charly secamente.

3
Angelitos con leotardos

Martes, 8 de diciembre

En el colegio decidimos que aún no contaríamos nuestros planes a nuestros padres. Dado que ni siquiera sabíamos si la agencia Jingle Bells nos iba a contratar, para qué íbamos a arriesgarnos a que los padres nos machacaran con sus preguntas.

Los profesores nos habían mandado un montón de deberes que nos ocuparon toda la tarde.

Justo cuando me disponía a ir a cenar, sonó el teléfono. Por suerte fui más rápida que mis padres.

Era el señor Blumenthal.

—Buenas tardes, señorita —dijo una voz al otro lado de la línea—. Mi socio y yo hemos estado hablando y puedo darte la buena noticia de que nos gustaría contrataros.

—¿De verdad? ¿A los cuatro? —exclamé, y en

el mismo instante me pregunté de qué me alegraba tanto, porque el trabajo tampoco es que fuera nada del otro mundo.

—No, a los cuatro no —contestó el señor Blumenthal—. Sólo necesitamos dos angelitos. A ti y a tu amigo, ese que tiene un horrible perro.

—¿Fede? ¿Y por qué precisamente nosotros dos?

—Porque, de los que quedaron, fuisteis los mejores.

—¿Y cuántos quedaron?

El señor Blumenthal titubeó un momento.

—Sólo vosotros cuatro —contestó finalmente—. Los demás lo han rechazado. Pero eso no quiere decir nada. Vosotros lo hicisteis francamente bien. Y los otros dos también, aunque el rubio alto fue un poco exagerado.

¡Sólo nosotros cuatro! ¡Pues vaya éxito!

—¿Y cuándo deberemos presentarnos? —pregunté rápidamente.

—El jueves. Y traed la autorización de vuestros padres.

¡Mamá y papá! Todavía me quedaba afrontar eso. No tenía ni idea de si estarían de acuerdo.

A pesar de todo, acepté la oferta del Papá Noel jefe y colgué en seguida, antes de que se le ocurriera querer hablar con mis padres.

Cuando entré en la cocina, el resto de la familia ya me estaba esperando. Durante la cena estuve un par de veces tentada de preguntarles a mis padres si tenían algo en contra de que me disfrazara de angelito y recitara descabellados versos en un gran centro comercial. Pero primero quería contarle la noticia a Rabanito. De lo contrario, seguro que se enfadaría.

—Rabanito y yo nos encargamos de fregar —le dije a mi sorprendida madre al terminar de cenar.

Lo aceptó muy gustosamente y desapareció con papá en el salón.

—¿Te has vuelto loca? —me atacó mi hermano—. ¿Fregar voluntariamente? ¡Tía, yo aún tengo que hacer Inglés!

—Haber espabilado —le contesté tranquilamente—. Yo hace rato que he terminado. Además, tengo que contarte una cosa.

A Rabanito le picó la curiosidad.

—¿Contarme qué?

—Ha llamado Blumenthal.

La mandíbula de Rabanito cayó al suelo.

—¡No me digas que nos coge!

—A nosotros no. A mí y a Fede.

Casi pude oír el peso que se le cayó a mi hermano de encima. Pero no había contado conmigo.

—Lo que pasa es que yo no trago con esto sola. No veo por qué tenemos que hacer todo el trabajo entre Fede y yo. El jueves tenemos que ir a la agencia y pienso decir que o nos coge a los cuatro o a ninguno.

—Si sólo necesitan dos angelitos...

—¿Y qué? Podríamos turnarnos.

—¿Crees que lo aceptarán? Seguro que entonces escogerán a otros.

Yo le miré con mi sonrisa de sabionda.

—Pues no, querido hermanito, porque nosotros fuimos los únicos que quedamos. Todos los demás se han negado.

—Entonces... —dijo mi decepcionado hermano—, no nos quedará otro remedio.

—Eso mismo. Nada más falta preguntárselo a mamá y a papá. Porque el jueves tenemos que llevar su autorización.

—¿Y cuándo quieres preguntarles?

—¿Cómo que «quieres»? Lo haremos los dos juntos. Pero lo haremos mañana. Quiero estar segura de que Fede y Charly también están de acuerdo.

—¿Los has llamado? —quiso saber Rabanito.

—No. Quería hablar primero contigo.

Rabanito estaba radiante.

—Oye, Estefi, ¿puedes hacerme un favor? Cuando llames a Charly, no le digas aún que queremos hacer el trabajo los cuatro. Como estaba tan obsesionado por el trabajo... Que se chinche esta noche pensando que tú y Fede fuisteis mejores que él.

A veces mi pequeño hermano mellizo puede ser aún más malvado que yo. Naturalmente apoyé su idea. Después de comprobar que nuestros padres estaban sentados delante del televisor, llamamos a Fede. Se puso fuera de sí. Pero no de alegría.

—¡Eh, tío, eh! —despotricó—. ¡Vaya asco! ¿Por qué precisamente yo?

Cuando luego le conté las condiciones que quería plantearles a los dos Papá Noeles, su enfado disminuyó. Y cuando finalmente le dije lo que se le había ocurrido a Rabanito para chinchar a Charly, se le pasó del todo.

Rabanito y yo tuvimos que colgar tres veces el auricular mientras intentábamos marcar el número de teléfono de Charly, porque una y otra vez nos entraba la risa. Sólo funcionó cuando Rabanito se fue a la cocina y yo respiré unas cuantas veces tranquilamente.

Él se lo tomó con más entereza de lo que yo había esperado. Eso sí, al principio se hizo un prolongado silencio al otro lado de la línea.

—Bueno, en ese caso, enhorabuena —dijo finalmente—. Estoy seguro de que lo haréis muy bien. Y quién sabe, tal vez os pueda ayudar en algo.

Casi me dio pena.

—De eso ya hablaremos mañana en el colegio, ¿vale? Hasta luego —y colgué.

Miércoles, 9 de diciembre

Cuando Rabanito y yo llegamos al patio del colegio, Charly y Fede aún no habían llegado. No tuvimos que esperarlos mucho tiempo. Venían juntos. Charly parecía más encogido que de costumbre.

—Hola —nos saludó de pasada—. Ahora vuelvo. Tengo que ir al servicio.

—¿Le has dicho algo? —le pregunté a Fede después de que Charly desapareciera tras la puerta con el letrero «CHICOS».

—¡Eh, tía, eh! ¿Por quién me tomas? Aunque no me ha sido fácil. Le ha afectado bastante. Creo que este asunto le ha revuelto las tripas.

—Entonces deberíamos ponerle al día en seguida —propuso Rabanito—. Tampoco es necesario torturarle demasiado.

Al volver, Charly tenía la cara blanca como la cal.

—¿No te encuentras bien? —le preguntó Rabanito.

—No es nada, no es un problema físico... Pero no importa. Estefi, ¿no me dijiste que querías hablar conmigo sobre la forma en que podría ayudaros?

Miré a Fede y a Rabanito.

—Creo que he tenido una idea mejor.

La sonrisa de Fede y Rabanito les llegaba de oreja a oreja.

—He pensado que no es justo que Fede y yo hagamos todo el trabajo solos. Y por eso quiero proponerles a los tipos de la agencia que nos contraten a los cuatro. Y así nos podremos turnar.

Charly recuperó inmediatamente el color de su cara.

—¿Y crees que lo aceptarán? —preguntó.

Cuando le conté por qué pensaba que no les quedaría otro remedio, Charly se volvió a encoger.

—Sólo nosotros cuatro —murmuró—. ¿Y a pesar de todo no me han cogido?

—No te preocupes, Charly —intentó consolarle Rabanito—. A mí tampoco me han cogido. Además Blumenthal le dijo a Estefi que ninguno de nosotros estuvo mal.

Eso tranquilizó a Charly.

—Ahora ya sólo me intrigan los trajes —dije yo.

—¡Eh, tíos, eh! ¡Trajes! —se alarmó Fede—. ¿Acaso nos van a meter en un traje?

A veces pienso que los chicos no tienen un cerebro en la cabeza sino un filete empanado.

—¡Pues claro que nos darán un traje! Recuerda que nos han contratado como angelitos. ¡Y dudo que podamos llevar a cabo ese trabajo en vaqueros y jersey!

—¿Y qué pinta tendrá un traje de ésos? —preguntó Rabanito asustado.

¡Era increíble!

—¿Y tú qué crees, hermanito? ¿Una chupa de cuero y un sombrero de vaquero, quizá?

—¿Insinúas que nos van a meter en un camisón, con alas y arpa?

—¡Eh, tíos, eh! —exclamó Fede—. ¡Conmigo que no cuenten!

—Eso tenías que haberlo pensado antes —dijo nuestro jefe sin compasión—. Mi padre siempre dice que quien quiere ganar dinero tiene que saber hacer sacrificios.

—¡Hombre claro, porque él no va en camisón al trabajo!

—¿Por qué no esperáis primero a ver qué pasa? —dijo Rabanito—. También podría ser que nuestros padres no nos dejen.

Por el tono en el que lo había dicho, estaba claro que deseaba que nos lo prohibieran.

Por eso eligió el momento más inoportuno para preguntarles a nuestros padres. Papá acababa de llegar del trabajo a casa. Aún con la cartera en la mano, estaba en la cocina despotricando sobre uno de sus compañeros o sobre sus alumnos. En vez de dejarle terminar de soltar todo lo que tenía que decir, Rabanito se metió en medio de su charla.

—Papá, queríamos preguntarte algo.

Papá se giró hacia nosotros.

—Queríamos preguntarte si tienes algo en contra del trabajo infantil.

—¿Cómo dices?

Con eso yo ya tuve suficiente.

—Es simplemente que queremos ganar por nosotros mismos el dinero para la reparación de mi ordenador. Pero podemos hablar de ello más tarde.

—¡No, no! —dijo papá en seguida—. Quiero saber exactamente de qué se trata.

Yo le expliqué escuetamente de qué se trataba. Cuando terminé, noté que mamá hacía esfuerzos para contener la risa. Sin embargo papá estaba lejos de estar convencido.

—No sé yo... —decía mientras movía la cabeza.

—Pero, papá, ¿por qué no? ¡Después de todo sólo pretendemos hacernos cargo de lo que hicimos!

Este truco funciona siempre. La resistencia de papá se derritió como el hielo al sol.

Y mamá le dio la puntilla.

—Yo creo que la idea no está tan mal —dijo, aunque las comisuras de su boca seguían encogién-

dose—. Al fin y al cabo no son más que un par de semanas por las tardes.

—¡Y además nos turnaremos!

Papá asintió.

—Seguramente tienes razón. No os vendrá nada mal aprender cómo es tener que ganarse el dinero. ¡Pero los estudios no deben sufrir lo más mínimo!

Se lo prometí y me llevé a Rabanito de la cocina antes de que cambiaran de opinión.

—¡Si quieres engañarme, tendrás que madrugar más, hermanito!

Rabanito me miró malhumorado, subió desganado la escalera y cerró la puerta de su habitación tras de sí de un portazo.

Como no sabía cuándo iban a preguntarles Fede y Charly a sus padres, esperé a llamarles hasta poco antes de la cena. Una vez más pude comprobar lo mucho que se parecían todos los padres. También Fede y Charly habían recibido el permiso, no sin antes asegurarse de que los estudios no se iban a resentir.

Entre tanto Rabanito y yo nos habíamos vuelto a reconciliar. Él es igual que papá. Después de estar un rato enfurruñado, vuelve a calmarse él solito. Claro que tal vez albergaba la esperanza de que el Papá Noel jefe no aceptara que nos turnáramos.

Jueves, 10 de diciembre

Después de clases nos pusimos en camino hacia la agencia Jingle Bells. A Precioso no nos lo llevamos. Seguro que hubiera armado alguna de las suyas al ver al señor Blumenthal. Todavía no habíamos descubierto por qué le caía tan bien aquel hombre rechoncho con barba.

Durante aquella mañana Charly nos había preguntado por lo menos diez veces si nosotros también llevábamos la..., como él la llamaba, «declaración escrita de consentimiento paterno». Y luego, cuando llegamos a la puerta de la agencia, se puso a buscar muy nervioso la suya en la cartera.

La señora de la recepción nos reconoció en seguida. Nos condujo al despacho que ya conocíamos. El señor Blumenthal nos recibió con un largo abrigo rojo puesto. Sobre una silla había un gorro de Papá Noel y una barba postiza blanca.

—¡Lo siento, pero hoy no puedo dedicaros mucho tiempo! —comenzó nada más sentarse a la mesa de reuniones—. Tengo que entrar hoy en acción.

—¿Es que no tiene gente para eso? —preguntó Charly.

—Claro que tengo gente —dijo el señor Blumenthal—. Pero por desgracia, no suficiente. Hoy día no es fácil encontrar a alguien que quiera trabajar de Papá Noel.

Podía imaginármelo perfectamente. Pero me extrañó que el señor Blumenthal se ruborizara tanto al decir aquello.

—¿Quiere ver la declaración escrita de consentimiento paterno? —preguntó Charly.

—¿Cómo? Ah, sí. Claro. Pero sólo las de los que hemos elegido. Por cierto, ¿por qué habéis venido los cuatro?

—Nuestros padres sólo aceptan si nos turnamos —contesté rápidamente, antes de que alguno de los chicos me estropeara mi precioso plan.

El señor Blumenthal me miró unos instantes algo desconcertado.

—Está bien —dijo finalmente—. De acuerdo. Lo importante es que cada día estéis dos de vosotros. Me da igual quién.

Lo cierto es que me quedé un poco decepcionada. Me había preparado lo que iba a decir si hubiera estado en contra. Y ahora resultaba que lo aceptaba a la primera.

—Sólo hay un problema —dijo—. Los trajes.

Escuché cómo Fede suspiraba en silencio.

—¿Qué pasa con ellos? ¿No nos van a dar ninguno?

—Sí, sí. Los cede Hurtig. ¡Pero sólo dos! Y ni siquiera están terminados. Hurtig se está tomando su tiempo. ¡Primero quieren angelitos y luego no son capaces ni de terminar los trajes a tiempo!

—Bueno, podemos pasarnos los trajes al cambiar de turno —dijo Charly sin más.

El señor Blumenthal asintió.

—¡Bien! Entonces está todo arreglado. Desgraciadamente hoy no os los podréis probar. Para eso tendréis que volver mañana otra vez. Lo mejor será que vengáis a la misma hora que hoy.

—¡Jo!, qué rápido se ha conformado con todo, ¿no? —dijo Rabanito decepcionado cuando estábamos nuevamente en la calle.

—Ahora sólo tenemos que aclarar quién juega a ser angelito con quién —dije yo.

—Nosotros dos podríamos hacer el turno juntos, Estefi —dijo Charly sin mirarme a la cara.

¡Tenía que habérmelo imaginado! Estaba buscando alguna excusa, cuando mi hermano se me adelantó.

—¡Genial, Charly! —exclamó—. A mí me apetece ir con Fede. ¿A ti qué te parece, Fede?

Éste estuvo de acuerdo sin dudarlo. Esos traidores sabían perfectamente que Charly me ponía los nervios de punta con sus tonterías.

Viernes, 11 de diciembre

A pesar de nuestras protestas, Fede insistió en llevar a Precioso a la prueba de los trajes.

—¡No veo por qué tenemos que dejarlo abandonado por culpa de ese estúpido trabajo! —había dicho muy enfadado.

Por ello llegamos media hora más tarde que el día anterior a la agencia. Aun así, tuvimos que esperar a nuestro nuevo jefe.

—Todavía no ha vuelto de su servicio —nos explicó la señora de la recepción.

Cuando por fin llegó, pudimos verle por primera vez con el equipo completo. Debido al gorro tan alto y a la larga barba postiza sólo se le reconocía por su nariz. A pesar de nuestros temores, Precioso se mantuvo completamente tranquilo. Sólo que no duró mucho. El señor Blumenthal se sentó y se quitó el gorro. Luego comenzó a toquetearse la barba. En el mismo instante en que la cara del señor Blumenthal salió a la luz, Precioso comenzó a lloriquear y a arañar el regazo de Fede con sus patas.

—¿Pero qué le pasa a ese perro? —exclamó el señor Blumenthal—. Ya que lo habéis traído, ¿no podrías al menos mantenerlo quieto?

Fede le habló en voz baja a Precioso. Éste silbó un par de veces más a través de su hueco en la dentadura y volvió a tranquilizarse.

—Bueno, tal vez podamos ir de una vez al grano —dijo el señor Blumenthal—. Señora Liebknecht, ¿podría usted traer los trajes, por favor? —le pidió a través del telefonillo que había encima de su escritorio.

La simpática señora de la recepción entró al instante, como si hubiera estado esperando detrás de la puerta. Traía, colgados de dos perchas, lo que temíamos: camisones blancos en cuya parte de atrás habían cosido unas alas doradas. No pude descubrir ningún arpa, pero en cambio sí había dos diademas con un alambre sobre el que se balanceaba un aro dorado.

Fede casi se cae de la silla.

—¡Eh, tíos, eh! ¡Aros de santo!

—¿Tenemos que ponernos eso? —preguntó Rabanito.

Nuestro jefe asintió.

—Ya lo creo. Al lado de la entrada hay dos servicios. Allí podéis cambiaros. Me da igual quién empieza, pero daos prisa. No tengo todo el día.

Yo me levanté sin decir una sola palabra y le cogí a la señora Liebknecht una percha, incluido el aro de santo.

—¿Y vosotros qué? —les pregunté a los chicos, ya que no se movía ninguno.

—Está bien. Cuanto antes acabemos, mejor —dijo Fede, que se levantó y puso a Precioso sobre el regazo de Rabanito.

En el servicio sólo había un espejo pequeño. Por eso no pude admirarme en todo mi esplendor. Pero lo que vi fue para mí más que suficiente. ¡Tenía un aspecto completamente ridículo!

Y en consonancia con ello fue la reacción de Charly y Rabanito cuando volví al despacho. Rebuznaban y se reían por lo bajo, como si no supieran que ellos iban a ser los siguientes. Hasta Precioso soltaba unos ruidos que sonaban como si se estuviera riendo de mí. Iba a echarles la bronca cuando se abrió la puerta y entró Fede. Aunque yo debía de tener el mismo estúpido aspecto, no pude dejar de soltar la carcajada. La cara de angustia de Fede, con el camisón que se le metía entre las piernas, las alas, que parecía como si se hubieran mojado, y luego, para colmo, el aro de santo, que con cada movimiento se meneaba como la cola de un pato, fue demasiado.

El señor Blumenthal ladeó la cabeza y nos observó durante un rato.

—No está tan mal —dijo finalmente—. No está nada mal. Los trajes os vienen bastante bien. ¿No le parece a usted, señora Liebknecht?

Ella asintió mientras intentaba ocultar la risa tras su mano.

Acto seguido les tocó el turno a Charly y Rabanito. Una vez que Fede y yo nos cambiamos nuevamente de ropa, se dirigieron con los hombros caídos en dirección al servicio.

Después de media eternidad —el señor Blumenthal ya estaba consultando su reloj—, se volvió a abrir la puerta. Los angelitos sustitutos Charly y Rabanito entraron levitando en el despacho casi a la

vez. Posiblemente llevaban un buen rato delante de la puerta sin atreverse a entrar. Los comprendía perfectamente. Fede y yo ya habíamos hecho el ridículo, pero Charly y Rabanito nos superaban con creces. No estaba muy claro si el señor Blumenthal se reía o no, pero se encogió un par de veces sospechosamente.

Lo más gracioso de esos dos era la diferencia de estatura. Mientras que Rabanito tenía que ir con cuidado para no pisarse su camisón, el de Charly terminaba por debajo de sus rodillas. Los vaqueros y las deportivas que le asomaban le pegaban a un angelito como los huevos de Pascua a un árbol de Navidad.

—Esto no puede ser —dijo el señor Blumenthal—. El camisón es demasiado corto. Lo mejor será que te pongas debajo unos leotardos blancos.

Eso era demasiado, incluso para Charly.

—¿Leotardos? —bufó.

—O cualquier otra cosa, blanca —se corrigió el Papá Noel jefe al ver la cara de espanto de Charly.

—Tengo unos vaqueros blancos —propuso Charly.

—Bien, entonces ponte ésos.

Charly respiró aliviado.

—Por lo demás, no estáis tan mal. Nuestro cliente quedará satisfecho.

—Vaya peso que me quita de encima —oí murmurar a mi lado a Rabanito.

El señor Blumenthal se levantó.

—Así pues nos vemos mañana por la mañana a las ocho. ¿Quién se hace cargo del primer turno?

Nos miramos indecisos.

—Aún no lo hemos hablado —le contesté yo.

—No importa. Venid los cuatro, así no tendré que explicarlo todo dos veces.

Yo ya me había dado la vuelta para salir del despacho cuando el señor Blumenthal nos volvió a llamar.

—Una cosa quiero dejar clara: ¡que no se os ocurra organizar ninguna tontería!

—¿Tontería? —preguntó Rabanito—. ¿Qué quiere decir con eso?

—¿Qué voy a querer decir? Pues que hagáis vuestro trabajo y nada más. No husmeéis por el comercio y no rompáis nada. ¡No quiero oír ni una queja!

—¡Eh, tíos, eh! —exclamó Fede cuando nos encontramos nuevamente en la sala de espera—. ¡Husmear por ahí! ¿A ése le falta un tornillo, o qué?

—Tal vez sólo sepa leer los pensamientos —dijo Charly, y desapareció en el servicio para cambiarse de ropa.

4
Un duro trabajo

Sábado, 12 de diciembre

Las clases casi siempre comienzan a las ocho de la mañana, así que debería estar acostumbrada a levantarme temprano. Pero cuando sabes que todos los demás pueden seguir durmiendo, la cosa cambia. De modo que cuando partí con Rabanito hacia mi primera jornada de trabajo, estaba de un humor de perros. No tengo ni idea de cuántas veces había despotricado contra el despertador, el desayuno, el estúpido trabajo de angelito, contra nuestro gordo jefe y hasta contra la debilidad de la vejiga de Precioso.

El señor Blumenthal nos recibió en la entrada de personal del comercio con su completo *look* de Papá Noel. A su lado, además de Charly y Fede, había media docena de Papá Noeles más.

—Éstos son mis ayudantes —el señor Blumenthal nos presentó a sus compañeros—. La mayoría trabaja afuera o en las puertas de entrada de Hurtig. Sólo Pit trabajará con vosotros —dijo señalando a un Papá Noel largo y flacucho al que se le resbalaba el abrigo rojo por el cuerpo—. Pit es estudiante y lleva ya un par de años trabajando para nuestra agencia. Él será mi relevo.

Yo observé un poco más detenidamente a los Papá Noeles. La verdad es que no infundían mucha confianza. Entre ellos incluso había algunos tipos bastante siniestros. Pero, probablemente, nadie que pudiera encontrar trabajo en alguna otra parte desempeñaría el papel de Papá Noel para el señor Blumenthal. Pit tampoco tenía aspecto de alegrarse excesivamente por su trabajo.

—Buenos días —dijo Rabanito, y le ofreció a Pit su mano.

Éste nos miró uno a uno tras su barba blanca con aire de desprecio.

—Hola —gruñó finalmente, y miró al señor Blumenthal con el ceño fruncido—. ¿De verdad es necesario esto?

—Sí —suspiró el señor Blumenthal—. Y ya lo hemos discutido suficientes veces. El cliente lo quiere así y basta. Además, son buenos chicos. No nos darán ningún problema.

—¡Vaya imbécil! —resopló Fede hacia mí, mientras entrábamos tras los Papá Noeles en el establecimiento—. Yo tengo menos ganas de trabajar con ése, que él con nosotros.

Mientras los demás Papá Noeles se repartían por la zona de peatones y por la planta baja del comercio, el señor Blumenthal nos enseñó a nosotros y al sustituto de Papá Noel dónde íbamos a trabajar. Ese primer día tocaba la sección de zapatería. Volvió a recordarnos que fuéramos amables con los clientes, que recitáramos nuestra frasecita en voz alta y clara, y que no hiciéramos otra cosa que trabajar.

Luego nos presentó al Director de Ventas.

—El señor Grossmann quiere conocer a todo aquel que trabaje en los grandes almacenes para saber con quién tiene que tratar.

El señor Grossmann era un hombre amable, y ya entrado en años, que nos explicó nuevamente lo que podíamos y lo que no podíamos hacer en el comercio. Resumiendo, fue algo así como que, sólo si no había más remedio, podíamos ir al servicio. Todo lo demás estaba prohibido. Yo me preguntaba con quién se creían que estaban tratando.

—¿Lo habéis entendido? —preguntó el señor Grossmann.

Nosotros asentimos. Yo me sentía como si ya llevara todo el día trabajando.

—Señor Blumenthal, sólo un momento, por favor —dijo el señor Grossmann de repente, cuando ya nos disponíamos a salir—. Sus trajes están bien, ¿pero no cree que su compañero está demasiado enjuto para ser Papá Noel?

—Eso no tiene importancia, señor Grossmann —se rió el Papá Noel jefe—. Nos metemos almohadas bajo nuestros abrigos. ¡Eso engorda una barbaridad!

El señor Grossmann quedó satisfecho.

—Entonces, correcto.

—¡Eh, tía, eh! —me susurró Fede de camino al vestuario—. ¿Y él también se va a rellenar el abrigo con almohadas? Porque no le haría falta.

Yo me encogí de hombros.

—A lo mejor, forma parte del disfraz de Papá Noel.

El vestuario era una inmensa sala con taquillas. Apoyados en las paredes y en todas las direcciones había estrechos armarios metálicos con candados colgando.

—Éstos son vuestros armarios —el señor Blumenthal señaló hacia cuatro armarios metálicos abollados que había en un rincón y nos entregó a cada uno una pequeña llave—. Para vuestros objetos personales. ¡Cerradlos siempre bien! ¡Nunca se sabe si se va a perder por aquí alguien con la mano demasiado larga! ¡Y cuidad de las llaves! Son propiedad de Hurtig.

Charly me clavó su codo en las costillas.

—¿Has oído eso? ¿Has oído eso?

—¡Sí, maldita sea! Pero sujeta tus brazos, ¿quieres? Además, sólo era un mal chiste.

—Vale, ya habéis charlado bastante —nos interrumpió el señor Blumenthal—. Esto no es una tertulia de café. Los dos que van a empezar que se cambien. Los otros dos pueden irse a casa.

Antes de que Rabanito y Fede se marcharan, les insistimos que volvieran puntuales para relevarnos. Ellos lo prometieron y se fueron a atender a Precioso.

Como sólo nos teníamos que meter el camisón de angelito por encima y ponernos la diadema con el aro de santo, Charly y yo nos vestimos en la misma habitación sin problemas. El señor Blumenthal se metió de forma aparatosa una almohada debajo de su abrigo rojo. Cuando terminó, parecía un rábano gigante, literalmente.

Tengo que reconocer que, cuando avanzábamos tras nuestro jefe hacia la sección de zapatería, me latía el corazón hasta en las sienes de lo nerviosa que estaba. Nunca antes había estado en un centro comercial vacío, sin clientes. Todo era un poco siniestro. Sólo de vez en cuando pude ver a unas cuantas vendedoras y vendedores por los pasillos charlando.

Cuando llegamos a nuestra zona de trabajo, el señor Blumenthal volvió a comprobar la rueda gigante de la suerte y se aseguró de que hubiera suficientes regalos, que nosotros debíamos entregar a los clientes con nuestro recital. Eran pequeños paquetitos con chocolates, adornados con campanitas y un lacito, y sobre los que se veía impresa la frase: «¡Hurtig, y la vida se vuelve mejor!»

Y por fin llegó la hora: las puertas se abrieron y los clientes comenzaron a entrar a riadas. Bueno, en realidad, al principio entraban con cuentagotas, al menos en la sección de zapatería. La mayoría de ellos no nos hacía ni caso. Sólo unos pocos se paraban y se nos quedaban mirando con curiosidad. Pero antes de que nuestro jefe pudiera acercarse a decirles algo, seguían su camino.

Sólo poco a poco comenzamos a tener trabajo. Solía ocurrir que, cuando uno decidía dar el primer paso, muy pronto se le unía más gente, tanta, que nosotros no sabíamos ni a quién atender primero. Funcionó mejor de lo que había pensado. Por suerte no se confirmó mi temor a que todo el que escuchara esos estúpidos versos y nos viera con nuestros patéticos disfraces se riera de nosotros. Posiblemente fue por la influencia positiva del ambiente de Navidad. Aun así tenía miedo de que se acercara a nuestra rueda de la fortuna alguien que nos conociera. Pero en ese sentido tuvimos suerte, al menos al principio. Ni nuestros padres se dejaron caer por allí. Claro que les habíamos pedido que no lo hicieran un montón de veces.

Únicamente me incordiaba Charly, que en general me cargaba a mí con todo el trabajo. Él sólo permanecía ahí de pie, retorciéndose el cuello para mirar a todos lados. Llegó un momento en que me harté.

—Bueno, ¿qué tal si empiezas a echar una mano tú también? —le reproché—. Además, ¿qué es lo que estás mirando? ¿Buscas a alguien?

Charly se puso el dedo índice sobre los labios.

—Estefi, no tan alto. Sólo estoy echando un vistazo.

—¿Y a qué, si puede saberse?

—¡Estefi, pssst! No tan alto. Te lo contaré más tarde.

—Por mí vale. Pero trabajar sí que podrás, ¿no?

Charly obedeció como un buen chico, aunque más tarde me pillé a mí misma mirando a mi alrededor, y eso que ni siquiera sabía lo que estaba buscando.

Así transcurrió el tiempo. Una vez se dejó caer por allí uno de los otros Papá Noeles para quejarse de que en la zona de peatones en que estaba no había nada que hacer. El señor Blumenthal lo espantó en seguida con palabras muy poco amables.

Cuando nuestro jefe nos sugirió que podíamos hacer una pausa, me sorprendí de que ya fueran las once. Charly y yo nos fuimos al vestuario a comernos los bocadillos que nos habían preparado nuestros padres.

—Dime, ¿qué estabas buscando antes? —le pregunté, al ver que Charly no parecía tener intención de contármelo.

—Nada en especial —me contestó con la boca llena—. Es que, cuando esta mañana el señor Blumenthal habló de los tíos con las manos largas, me vino una idea.

—¿Cuál? —le pregunté, aunque ya me lo temía.

—¡Tía, está clarísimo! ¡Ladrones de tiendas! Los últimos días había estado maquinando cómo podríamos combinar este trabajo con algún caso para Charly & Company, pero no se me ocurría nada en particular. Sólo pensé que podríamos mantenernos alerta sin ninguna finalidad concreta. ¡Y antes, de repente, lo vi todo claro! En Navidades todo está mucho más lleno que de costumbre y las estanterías están repletas de cosas fantásticas. Es la mejor época para los ladrones de tiendas. Eso también lo oí el otro día en la tele.

—¿Ladrones en la sección de zapatería? ¿Te

crees que alguien va a entrar enmascarado para robar unas pantuflas?

Charly hizo un gesto despectivo con la mano.

—Tenía que haberme imaginado que tú no me tomarías en serio.

Y el superdetective se pasó el resto de la pausa enfurruñado. Así al menos pude comer tranquila.

Tan bien como había ido todo antes del almuerzo fue mal después. En cuanto volvimos a nuestro sitio, empezaron a llegar, como si se hubieran puesto de acuerdo de antemano, conocidos del colegio. Su reacción era casi siempre la misma. Después de las primeras miradas de sorpresa, comenzaban a reírse a carcajadas como tontos. Si Papá Noel no los hubiera echado literalmente de allí, probablemente se hubieran quedado hasta la hora del cierre. Aunque eso no nos salvaba en absoluto de lo que nos esperaba el lunes en el colegio. Y ni siquiera había pasado todavía lo peor.

De repente Charly gritó:

—¡Oh, no! ¡Eso no!

No fue necesario preguntarle a qué se refería. Yo

también la había visto. La hermana mayor de Charly venía hacia nosotros. Va al mismo colegio que nosotros, sólo que unos cuantos cursos más arriba; ya tiene dieciséis o diecisiete años. Y no iba sola. Toda una manada de gente de su edad revoloteaba a su alrededor. A la mayoría los había visto alguna vez en el colegio. ¡No soporto a esos idiotas presumidos de los cursos superiores! ¡Se creen que pueden hacer con nosotros lo que les dé la gana sólo porque son más mayores! Y esta vez no fue distinto. Nos señalaban con el dedo desde lejos y se reían a carcajadas, de forma que los demás clientes se giraban hacia ellos, sorprendidos, o enfadados. Yo empecé a rezarle al cielo para que viniera alguien y los echara de allí. Pero no fui escuchada. Se colocaron en fila ante la rueda de la suerte. Como siempre, la hermana de Charly llevaba la voz cantante:

—¡Hola, hermanito! ¡Pero qué pinta tan mona tienes! ¡Con ese traje seguro que en la guardería podrías conseguir el primer premio!

Se giró hacia los demás.

—Mi hermano es un angelito, como podéis ver. De modo que, chicos, he ganado la apuesta. ¡Para la próxima semana tengo las hamburguesas y las Coca-Colas aseguradas!

Charly cogió aire. Su cara, roja como un tomate maduro, resaltaba especialmente bien con la blancura de su camisón.

—¡Nicole!... —gritó.

Pero no pudo decir nada más.

—¡Eh, yo también quiero darle a la rueda! —exclamó uno de los payasos que había traído Nicole.

Charly y yo miramos con gesto suplicante al señor Blumenthal. Pero éste se encogió de hombros como queriendo decir: «Aquí tratamos a todos los clientes por igual».

Y ocurrió lo que tenía que ocurrir: tres de ellos ganaron un premio. Charly quiso entregarles el paquetito de chocolates sin abrir la boca. Pero no había contado con nuestro jefe.

—¿No se te olvida algo? —retumbó en nuestros oídos.

Creo que nadie puede imaginarse las carcajadas y los gritos que tronaron desde la sección de zapatería de Hurtig cuando recitamos la poesía de Navidad escrita por el señor Blumenthal en persona.

Cuando por fin se marcharon Nicole y sus monos adiestrados, yo ya estaba de los nervios. No quiero ni imaginar lo que sentía por dentro Charly. Pero si se cumplía todo lo que en ese momento le deseaba a su hermana, estoy segura de que Nicole no volvería a ser feliz en toda su vida.

Al ver aparecer a Rabanito y Fede, que efectivamente llegaron puntuales a relevarnos, di gracias a mis padres por haberme dado un hermano mellizo y no una hermana mayor.

Domingo, 13 de diciembre

Aunque discrepamos en muchas cosas, los componentes de Charly & Company solemos estar de acuerdo en no quedar, si es posible, en casa de Charly. No es que no nos guste estar en su casa. Al contrario. Los padres de Charly tienen una casa muy grande. Su padre es un alto ejecutivo de una empresa y casi nunca está en casa, y su madre también está mucho fuera. En teoría podríamos hacer lo que quisiéramos. El problema, sin embargo, son sus hermanos.

Nicole piensa que su madre tiene a Charly demasiado mimado y se cree en la obligación de compensarlo, lo que significa que está siempre machacándole. Y cuando estamos todos, hace lo mismo con nosotros.

Los hermanos mayores de Charly están los dos estudiando en la universidad. Para ellos somos algo así como parásitos. Si alguna vez se percatan de nuestra existencia, sólo es para echarnos la bronca por molestarlos, lo que hacemos simplemente con estar en la misma habitación que ellos.

Y cuando los hermanos de Charly nos hacen el favor de largarse, conseguimos a cambio a su madre, que es más pesada que una vaca en brazos. Una y otra vez asoma la cabeza por la puerta para ver si a su «cariñín» no le falta de nada. No sé la de veces que Charly le ha rogado que no le siga llamado «cariñín», pero hasta ahora no ha servido de nada.

El único miembro de la familia de Charly al que todos soportamos sin que nos salga un sarpullido es su padre. Si se cruza alguna vez con nosotros, nos saluda con un movimiento amable de cabeza. Aunque a veces me pregunto si sabe quiénes somos.

Creo pues que no es necesario explicar por

qué sólo quedamos en casa de Charly cuando estamos completamente seguros de que no hay nadie en ella. Aquel domingo volvía a tocar. En realidad habíamos quedado en casa de Fede. Pero cuando me llamó Charly y escuché su grito triunfal de «¡se han ido todos!», estaba claro que había que aprovechar la ocasión. Porque reunirnos en casa de Charly implica también tanta Coca-Cola, patatas fritas y chocolate como quisiéramos.

Rabanito y yo quedamos con Fede en pasar a recoger a Precioso. Íbamos de buen humor. Cuando le conté a Fede la actuación de Nicole en Hurtig, casi se mea en los pantalones de la risa. Imaginad nuestro susto cuando fue precisamente la hermana de Charly quien nos abrió la puerta.

—¡Vaya, qué honor! El ejército celestial honra nuestra humilde morada.

—¡Eh, tía, eh! Creía que no ibas a estar —se le escapó a Fede.

Nicole hizo una mueca que posiblemente pretendía ser una sonrisa.

—Ya ves, ¡qué mala suerte! Ya podéis olvidaros de tener la casa libre. Y para que quede bien claro: si ensuciáis algo u os oigo respirar, vais a saber lo que es bueno.

Como perros apaleados, nos fuimos a la habitación de Charly. Éste estaba sentado sobre su cama y hasta echaba espuma por la boca de la rabia que tenía. De todas formas no pude reprimirme, pensando en lo bien que hubiéramos estado en casa de Fede, aun sin Coca-Cola ni patatas fritas.

—¡Se han ido todos! ¡Ja, ja! ¿Estabas soñando o qué?

—¡Lo ha hecho a propósito! —despotricó Charly—. ¡Sólo para hacerme rabiar! Esa...

—Qué más da —le interrumpió Rabanito—. Ahora ya estamos aquí. Tal vez si no hacemos ruido, nos deje en paz.

—¡Eso no te lo crees ni tú! —bufó Charly—. Si tú supieras lo que he tenido que soportar hoy…

Pensé en cómo nos había ridiculizado el día anterior en Hurtig y pude imaginármelo perfectamente.

—¡Odio este trabajo! —gritó Charly de repente, tan furioso como pocas veces lo he visto.

—¿Quieres dejarlo? —preguntó Rabanito en seguida.

—¡De eso nada! —dije yo rápidamente metiéndome por medio—. Abandonar no vale. ¡Mi ordenador tiene que estar listo para después de las Navidades!

Como no podía ser de otra manera, el jaleo que habíamos organizado alertó a Nicole.

—¿No os he dicho que estéis callados? —vociferó desde afuera.

Sin pensárselo dos veces, Charly agarró lo primero que pilló a mano. Era su estuche. Con todas sus fuerzas lo lanzó a un par de centímetros de la cabeza de Fede contra la puerta.

—¡Eh, tío, eh! ¡Casi le das a Precioso!

Charly se dejó caer sobre su cama como un saco de patatas.

—¿Por qué no seré hijo único? —gemía.

Fede suspiró.

—Eso tampoco está tan bien, ¿sabes? A veces a mí me gustaría tener hermanos. Aunque no los tuyos precisamente.

—Pues yo pienso que deberíamos dejarlo —lo

intentó Rabanito nuevamente—. Tú y Estefi al menos tenéis al gordo de Blumenthal. Pero Fede y yo tenemos que soportar a ese Pit. Eso es mucho peor. Pone una cara como si desayunara todos los días medio kilo de pepinillos en vinagre. Y encima nos carga a nosotros casi siempre con todo el trabajo. Ayer por la tarde se largó cinco veces sin decir nada y desapareció más de veinte minutos.

De golpe Charly se transformó por completo.

—¿Y adónde va? ¿No le habéis seguido?

—¡Eh, tío, eh! ¿En camisón y con un aro de santo? Además, no sé para qué nos iba a servir.

—¿Es que no os parece extraño?

—¿Qué es lo que tiene de extraño? —preguntó Rabanito.

—Charly vuelve a estar a la caza del delincuente —le expliqué a mi hermano.

—¡Eh, tío, eh! ¡Otra vez no! Primero déjanos que ganemos el dinero para el ordenador de Estefi. Después ya tendremos tiempo de buscarnos algún caso. Y por lo que se refiere a Pit, seguramente irá al servicio.

—¿Cinco veces? ¿Veinte minutos? ¡Eso no te lo crees ni tú!

—Charly, me estás hartando —dijo precisamente Rabanito—. Contigo uno no puede ir ni al cuarto de baño sin que te imagines que detrás se oculta como mínimo un atraco al banco. A ver cuándo aceptas de una vez que nosotros no vamos a resolver jamás un caso.

—Si eso es lo que piensas, no hace falta que sigas formando parte del equipo.

—¡Eh, tío, eh! No te enfades otra vez por nada. Al menos es divertido. Y eso ya es algo.

Charly se levantó de un brinco.

—¿Divertido? ¿Os estáis tomando esto a broma? ¿Y para eso me esfuerzo yo tanto? ¿Sabéis qué? ¡Que os den morcilla! ¡Os lo demostraré yo solo! ¡Ya lo creo que lo haré! ¡Y entonces ya no vendrá nadie a reírse de mí!

Rabanito, Fede y yo nos miramos. Sin que dijéramos nada, sabíamos que era mejor marcharse, porque con Charly ya no había quien hablara.

Lunes, 14 de diciembre

Después de haber tenido que soportar las burlas de nuestros queridos compañeros del colegio, en el recreo pudimos finalmente hablar algo más tranquilos. Charly volvía a ser el de siempre. Pero después de todo lo que el pobre había tenido que aguantar, decidí hacer una propuesta:

—¿Qué tal si hoy van Fede y Rabanito a Hurtig?

Mi hermano reaccionó como yo había esperado.

—¿Y por qué nosotros? ¡Hoy os toca a vosotros! Yo no tengo ganas de volver a aguantar a ese imbécil de Pit.

—¡Eh, tío, eh! Rabanito, no te pongas así. A mí no me cae tan mal. Al que no trago es a Blumenthal. ¡A ése no le gustan los perros! A mí no me importaría cambiar con Charly y Estefi.

—A mí tampoco —dijo Charly, y me miró agradecido.

La mirada que me echó Rabanito era menos agradecida.

Por la tarde ya me había arrepentido de mi propuesta. Sin mi ordenador se me caía la casa encima de aburrimiento. Mucho antes que de costumbre, me metí en la cama y me puse a leer un libro, que llevaba casi medio año dormitando en mi estantería. No había leído más que un par de páginas cuando me dormí sobre él. Me desperté cuando llamaron a mi puerta. Era Rabanito.

—¿Qué haces aquí a estas horas?

—¡Cómo que a estas horas! Acabo de llegar de trabajar.

—¿Y para decirme eso me has despertado?

—No, claro que no. ¡Tengo novedades! ¡Hoy ha venido a vernos el detective de los grandes almacenes!

Me despabilé.

—¿El detective de los grandes almacenes? ¿Y qué quería?

Mi hermano se me quedó mirando con expresión radiante.

—¿A que estás sorprendida? Ha sido una historia muy extraña. Después de que Pit volviera a desaparecer, en el servicio, o yo qué sé dónde, vino a verle un tipo bastante antipático. Era un larguirucho con bigote y el pelo grasiento.

A Rabanito le sacudió un escalofrío.

—Le echó la bronca a Pit, dijo que había habido quejas en la sección de joyería, y que era un último aviso. Luego se marchó. Pit hizo como si no hubiera ocurrido nada. Más tarde preguntamos a una dependienta quién era ése. ¿Y sabes lo que dijo? «Era el sabueso, el detective Kurt Stehle.»

—Me gustaría saber lo que había hecho ese Pit —dije yo.

—¿Crees que es un ladrón de tiendas?

—No. Posiblemente estuvo entreteniendo a alguna dependienta de la sección de joyería. Si hubiera robado algo, no creo que el detective le hubiera dado simplemente un aviso.

Rabanito movió la cabeza de un lado a otro.

—No sé. ¿Se lo contamos a Charly?

—Yo creo que sí. Porque si no lo hacemos y luego se nos escapa algo, lo tendremos durante semanas de morros.

Rabanito asintió.

Martes, 15 de diciembre

Al día siguiente le contamos a Charly los acontecimientos en Hurtig, y se puso más contento que un niño pequeño en Reyes al ver el tren de juguete que tanto había deseado bajo el árbol de Navidad.

—¡Un detective de verdad! ¡Qué *guay!* Esta misma tarde me pondré en contacto con él.

—¡Eh, tío, eh! ¿Y para qué?

—¿No lo sabes? ¡Tío, pues porque es un profesional! Seguro que podremos aprender muchas cosas de él.

—¿Y qué es lo que quieres aprender de él? —quiso saber Rabanito.

—Aún no lo sé. Pero ya se verá. Lo primero que haré será preguntarle qué ocurre con Pit.

Hasta entonces, generalmente sólo me burlaba de la seriedad con que Charly se tomaba nuestros intentos por cazar delincuentes. Pero cuando aquella tarde me dirigía al centro comercial, por primera vez tuve la sensación de que nos podía meter en serios problemas con su tenacidad.

En los vestuarios me recibió en seguida con su última genial idea:

—He pensado que lo que voy a hacer es preguntarle primero a Blumenthal si sabe algo sobre lo que ha hecho Pit.

—¡Tú no estás bien de la cabeza! —le grité.

—¿Por qué te pones así? ¡A ver si uno no va a poder ni preguntar!

—¿Y has pensado en que tal vez con eso le estás poniendo la zancadilla a Pit? Al fin y al cabo Blumenthal es su jefe. A mí tampoco me cae muy bien, pero ahora es algo así como nuestro compañero de trabajo. Y a un compañero no se le delata ante el jefe.

—Cierto. En eso no había pensado. Después de todo, tal vez no sea tan buena idea —dijo Charly sorprendiéndome—. ¡Pero da igual, aún nos queda el detective! Así que él será el primero al que me dedique.

De lo que significaba eso, me enteré cuando estábamos en nuestro puesto de la sección de menaje. Me dejó a mí hacer todo el trabajo, mientras él estiraba el cuello buscando a un hombre que correspondiera a la descripción que nos había dado Rabanito. Menos mal que esa vez no tuve que recordarle que estaba allí para trabajar. De eso se encargó nuestro jefe por mí. Y no de muy buenos modos. Sin rechistar, Charly se colocó junto a la rueda y repartió como un buen chico sus paquetitos de chocolates. Durante la próxima hora no miró ni una sola vez a su alrededor buscando al detective.

Pero entonces el detective de la casa vino él solito. Le reconocí en seguida. Rabanito tenía razón. Realmente no parecía muy simpático. Si no supiera quién era, le hubiera tomado más bien por un ladrón de tiendas que por un detective.

Se plantó ante el señor Blumenthal.

—¿Puedo hablar un momento a solas con usted? —gruñó, mirando de reojo hacia nosotros.

El otro asintió con la cabeza y le siguió. A una distancia de un par de metros se pararon, y el detective empezó a hablarle a nuestro jefe con energía.

Charly se puso en seguida a mi lado.

—Daría mi sueldo por poder oír de qué están hablando.

—¡Que te lo has creído! ¡Tu sueldo lo necesitamos para mi ordenador!

—Sí, ya lo sé. Si sólo lo he dicho por decir. ¿Crees que debería acercarme a escondidas? Tal vez pueda oír algo.

—¿Cómo vas a acercarte? Si te verán a la primera.

Charly asintió.

—Desgraciadamente tienes razón. Pero como sigan así, ya no hará falta, porque les oiremos desde aquí.

Entre tanto los dos se hablaban cada vez más exaltados, gesticulando con los brazos. Se les notaba que no estaban de acuerdo en algo. De repente nuestro jefe se dio la vuelta y regresó con nosotros. Se colocó a nuestro lado, se cruzó de brazos y miró furioso al frente. Así seguro que no es el Papá Noel que se imaginan los niños pequeños.

Charly y yo volvimos en seguida junto a la rueda de la suerte e intentamos aparentar todo lo que pudimos nuestro desinterés.

Cuando el detective pasó junto al señor Blumenthal, se volvió a parar frente a él en jarras y le dijo, mirando hacia nosotros:

—Por mí, como si Pit es diez veces vuestro mejor hombre. ¡Pero no se le paga por tomar café y fumar cigarrillos! ¡Que se dedique a hacer su trabajo como todos los demás!

Charly no pudo aguantarse más:

—Señor Blumenthal, ¿ha discutido con el detective de los almacenes por culpa de Pit?

A menudo me había preguntado si Charly era valiente o simplemente tonto. En aquel momento volví a hacerlo.

Si el señor Blumenthal hubiera sido el Papá Noel de verdad, probablemente no le hubiera vuelto a dejar nunca más un regalo bajo el árbol de Navidad. Pero así, sólo le gritó:

—¡Mete tus narices en tus propios asuntos! Ya te he dicho mil veces que no se te paga por quedarte como un pasmarote! ¡Y tampoco se te da dinero por hacerme preguntas insolentes!

Charly inspiró aire con fuerza, pero no dijo nada. Como el señor Blumenthal no parecía que fuera a calmarse pronto, intenté salvar la situación.

—Señor Blumenthal —me dirigí a él tan amable como me fue posible—, discúlpele, seguro que sólo lo ha hecho porque está cansado. Es que tendríamos que haber tenido nuestra pausa hace ya media hora.

Esta vez las furiosas miradas de Papá Noel me fulminaron a mí. Pero luego consultó su reloj.

—Está bien —murmuró—. Por mí, podéis hacer un descanso. Así os perderé de vista un rato. ¡Pero volved puntuales!

Agarré a Charly de la mano y me lo llevé en dirección a los vestuarios.

—¡Por cierto! —nos llamó el señor Blumenthal—, ¿cómo sabías quién era?

—¡Tengo mis fuentes! —contestó Charly.

Cuando él ya no podía vernos, me paré.

—Pero bueno, ¿te has vuelto loco? Ahora seguro que estará más furioso aún.

—¿Y a mí qué? —contestó Charly testarudo—. Por cierto, Estefi, la idea del descanso ha estado genial. Así podemos buscar ahora al detective.

Yo creía que no había oído bien.

—¿Todavía no has tenido suficiente?

—¿Por qué? Ese tipo es un profesional. Seguro que me dice lo que ha pasado.

No pude detenerle; ya se había puesto en camino. Pensé durante unos instantes en irme yo sola al vestuario a comerme mi bocadillo. Pero luego decidí seguirle. Posiblemente tendría que volver a echarle un cable.

No tardamos mucho en encontrar al señor Stehle. Estaba hablando con una de esas vendedoras de la sección de perfumería que tienen siempre el aspecto de haberse caído en un bote de pinturas. Charly fue hacia él como alguien que ya no tiene nada que perder.

—¡Buenas tardes, señor Stehle! —se metió de golpe en la conversación con la bella dependienta.

El señor Stehle se giró sin ganas. Al reconocer a Charly, arqueó las cejas.

—Vaya, los ángeles de la sección de ollas —dijo, acompañado por las risitas de la vendedora a colorines—. ¿Qué queréis?

—Sólo queríamos presentarnos —continuó Charly sin dejarse intimidar—. Como colegas, por así decirlo.

El señor Stehle necesitó un momento para digerir lo que Charly había dicho.

—¿Colegas? —exclamó finalmente—. ¿Acaso llevo yo un camisón con alas y un aro de santo?

Mientras las risas iban aumentando de volumen, yo deseaba que la tierra me tragara. Pero Charly no se dio por vencido.

—No me refería a eso. Nosotros en realidad también somos detectives. Podría decirse que esto es algo así como nuestro camuflaje, y acabamos de ver que usted ha estado hablando con nuestro jefe. Como nosotros también tenemos ciertas sospechas, queríamos preguntarle con qué motivo ha interrogado al señor Blumenthal. Si no me equivoco, se trataba de Pit, ¿no?

Al señor Stehle le costó un rato decidir si debía reírse de Charly o echarle a patadas. Se decidió por lo último.

—¡Mira, jovencito, voy a decirte una cosa! ¡En primer lugar, no se os ha perdido nada en esta sección! En segundo lugar, te importa un rábano lo que yo tenga que hablar con el señor Blumenthal, y en tercer lugar, os prohíbo ir por ahí jugando a los detectives. Eso lo hacéis en vuestra casa. Perseguir a granujas es cosa de profesionales. ¡Y de ésos, aquí sólo hay uno, que soy yo! ¿Está claro?

—¡Clarísimo! —dije yo, antes de que Charly pudiera decir algo más.

Nuevamente le agarré por el brazo y me lo llevé a rastras.

—¡Tenemos ciertas sospechas! —dije yo en tono sarcástico, cuando el señor Stehle y su «bote de pinturas con piernas» ya no nos podían oír—. ¡Con qué motivo ha interrogado al señor Blumenthal! ¿Qué te pasa? ¿Que ya se te ha caído hasta el último tornillo, o qué? ¡Ponerme en ridículo de esta manera!

—¡Hala, venga, ahora empieza tú también! —exclamó Charly.

Entonces me di cuenta de que a lo largo de la

tarde ya le habían echado tres broncas: primero yo, luego nuestro jefe y finalmente también su ídolo, el detective del establecimiento. Seguro que con eso ya tenía suficiente.

Por ello le pregunté:

—¿No será mejor olvidarnos de todo este asunto? Después de todo, ya debes de estar cansando de que todo el mundo se ensañe contigo.

Yo contaba con que Charly, sumiso, me diera la razón. Pero él sólo se indignó.

—¿Quieres abandonar? ¿Precisamente ahora? Con ese Pit ocurre algo. Blumenthal también se ha comportado de forma muy sospechosa y Stehle se ha enfadado porque hay alguien más sobre el asunto. Ése sólo quería dárselas de chulo delante del maniquí de la sección de perfumería. No, Estefi. ¡Ahora sí que no!

5
El navideño enano de jardín

Miércoles, 16 de diciembre

Tratar de ganar dinero tenía muchos inconvenientes. Uno de ellos era que ya apenas veía a Precioso. Y como Rabanito y Fede estaban de servicio, era una buena ocasión para poder volver a jugar a mis anchas con Precioso sin que nadie me molestara. Como me di prisa en hacer los deberes, era aún bastante temprano cuando, cargada de pienso para perros y un nuevo hueso de goma, me puse en camino.

La tía Hilde y el tío Werner también habían terminado por cogerle cariño a nuestro perro. Por ello le habían preparado un refugio para el invierno bajo la parra. A través de una pequeña trampilla que había construido el tío de Charly para Precioso, éste podía salir al exterior y hacer sus necesidades tranquilamente entre los espesos arbustos tras la parra.

Siempre que podemos, al menos uno de nosotros va una vez al día a verlo. Y cuando eso no es posible, el tío Werner y la tía Hilde se ocupan de él. De ese modo nuestro perro siempre está bien atendido. Aun así, se vuelve literalmente loco cada vez que vamos a visitarlo.

Y aunque piense que Precioso es el perro más feo del mundo, me encanta que esa pequeña bola de pelo salte a mi alrededor silbando y tosiendo. Quería disfrutar a solas con él jugando.

Pero no ocurrió así. Ni siquiera estaba en su caseta.

Le busqué por todo el jardín, detrás de cada arbusto, pero había desaparecido. Desde luego era posible que, al igual que otros muchos perros, estuviera simplemente vagabundeando por la zona. Sin embargo, desde que estaba con nosotros, no lo había hecho nunca. Corrí todo lo deprisa que pude a casa para llamar por teléfono a Charly. Tal vez él supiera algo.

Pero no fue necesario, ya que Charly estaba esperándome delante de la puerta de mi casa.

—Estefi, ¿dónde estabas? —me gritó desde lejos—. He llamado varias veces y no ha abierto nadie.

Me acordé de que mamá y papá querían ir al centro a comprar regalos de Navidad, y Rabanito estaba de servicio.

—Quería visitar a Precioso —le contesté gritando yo también—, pero no estaba.

Entre tanto Charly había venido a mi encuentro, de modo que pudimos hablar en un tono más moderado.

—Ya sé que Precioso no está en su caseta. De eso se trata precisamente. Fede me llamó. Estaba completamente fuera de sí.

Yo me temí lo peor.

—¿Le ha ocurrido algo a Precioso?

—No, no creo, pero se ha esfumado. El lelo de Fede se lo llevó al centro comercial y lo escondió detrás de la rueda de la fortuna. Seguramente se aburría allí y, sin que Fede ni Rabanito se dieran cuenta, se largó. Y ahora no pueden ir a buscarle.

—¡Oh, no! —gemí yo—. Así que tendremos que hacerlo nosotros, ¿no?

—Exacto.

—Entonces vamos cuanto antes. Estará en alguna parte del comercio. Es demasiado miedoso como para salir al exterior.

Cuando llegamos a Hurtig, ya se estaba haciendo de noche.

—Lo primero que vamos a hacer es ir a ver a Fede y Rabanito —propuse yo—. Tal vez Precioso ya haya vuelto.

Con sólo verles las caras a esos dos —dos al-

mas en pena con alas y aro de santo—, supimos desde lejos que nuestro perro seguía desaparecido.

Para nuestra sorpresa, Pit no estaba junto a ellos, sino el señor Blumenthal. ¡Lo que nos faltaba!

Al vernos frunció el ceño bajo su gorro de Papá Noel.

—¿Qué hacéis vosotros aquí?

—¿Puedo hablar un momento con mi hermano? Se trata de un asunto de familia.

El señor Blumenthal suspiró.

—¿Conque un asunto de familia, eh? Vale, pero daos prisa. Y luego largaos de aquí. Si no, únicamente molestaréis a los clientes.

Nos llevamos a Fede y a Rabanito a un lado.

—¡Eh, tíos, eh! ¡Lo siento! —comenzó Fede, antes incluso de que nosotros pudiéramos decir nada—. Yo tampoco sé por qué lo ha hecho. Normalmente se queda siempre junto a mí.

—Llevamos todo el rato pensando dónde podría estar —dijo Rabanito—. Pero lo único que se nos ha ocurrido es la sección de alimentación.

Charly me cogió por el brazo.

—Entonces, ¿a qué estamos esperando? Vámonos antes de que acabe con todas las existencias de la tienda.

Lo más discretos posible, buscamos por toda la sección de alimentación de Hurtig. Recorrimos todos los pasillos y miramos debajo de todas las estanterías llamándolo en voz baja por su nombre.

—Aquí no está —dijo finalmente Charly—. Tenemos que abordar este asunto sistemáticamente.

—¡Ah! ¿Y eso cómo se hace?

—Muy fácil. O empezamos arriba del todo y vamos bajando piso a piso, o al revés.

—¡Tío, eso son cuatro pisos! ¡Que no nos pase nada! —exclamé yo.

Decidimos comenzar por el sótano. Allí había bicicletas, herramientas y utensilios para el jardín. Después de haber gateado entre las bicicletas y los taladros, Charly gritó de repente:

—¡Estefi! ¡Ahí está!

—¿Dónde?

—¡Ahí detrás, junto a los enanos para adornar los jardines!

¡Enanos para el jardín! ¿Cómo no había caído antes? Los enanos de jardín son el juguete preferido de Precioso. Para que no se sintiera tan solo en el jardín de la tía Hilde, le pusimos dos viejos enanos en la caseta, y desde el primer momento les cogió cariño.

Y ahí estaba sentado, pegadito al enano de jardín y mirando a su alrededor de forma soñadora. Charly y yo nos lanzamos sobre él casi a la vez, y prácticamente al mismo tiempo le descubrió una de las dependientas.

—¡Junto a los enanos de jardín hay un perro! —gritó.

El pequeñín debió de llevarse un susto de muerte cuando de repente vio a tres personas correr hacia

él. O tal vez tuvo miedo de que alguien le quitara su bonito enano. La cuestión es que reaccionó como nunca antes lo había hecho. Sacó los dientes como si quisiera devorarnos. Y al hacerlo, quedó claramente a la vista el hueco de su dentadura. Si no hubiera estado tan sorprendida por su reacción, seguro que me echo a reír del aspecto tan gracioso que presentaba. Charly y yo nos detuvimos en seguida y empezamos a hablarle para que se tranquilizara.

Pero por desgracia, la vendedora no se dio cuenta a tiempo de que Precioso sólo estaba luchando por su enano de jardín. Cuando ella ya casi lo había alcanzado, Precioso la atacó. O al menos lo intentó. Pero la vendedora saltó rápidamente a un lado y Precioso voló directamente hacia los tiestos de cerámica. Con un rápido movimiento lo pesqué entre los restos de los tiestos, hechos añicos, y lo apreté contra mí, mientras le hablaba para tranquilizarle:

—Precioso, pero si tú ya tienes dos enanos que además son mucho más bonitos que ése de ahí. Además, en tu caseta ya no te cabría un tercer enano.

Etcétera, etcétera. Por fin, dejó de lloriquear y tan sólo quedó el silbido.

En cambio, a nuestro alrededor se había reunido el equipo de vendedores de la sección de jardinería al completo. Y así ocurrió lo que tenía que ocurrir: una de las dependientas nos reconoció.

—¿No son éstos los angelitos que reparten chocolates? ¡Gertrudis, llama por favor al Papá Noel por el altavoz!

Unos instantes después pudimos oír por los altavoces: «¡Papá Noel, persónese urgentemente junto a los enanos de jardín!»

Unos instantes después, apareció Papá Noel,

escoltado por sus angelitos Rabanito y Fede. Cuando nos reconoció, se paró en seco; luego se arrancó furioso la barba.

—¡Rayos y truenos! ¿Qué es lo que ha pasado esta vez?

¡Entonces lo supe! Supe de qué conocía al señor Blumenthal. Y también supe por qué Precioso estaba tan entusiasmado con él. ¡El enano de jardín! El señor Blumenthal tenía el aspecto de un gigantesco enano de jardín viviente. ¡La barba, la nariz de alcachofa, los ojos..., todo! ¡Era perfecto! Para Precioso debió de ser algo así como si yo hace años hubiera visto de repente a mi osito de peluche vivito y coleando ante mí. Los demás también debieron de caer de repente en la cuenta, porque mientras que Rabanito y Fede se taparon la boca con la mano, Charly me susurró demasiado fuerte:

—¡Jo, tía, ése parece un enano de jardín de verdad!

Nuestro jefe se acercó de forma amenazadora hacia nosotros.

—¿Qué estáis haciendo aquí? —preguntó en

voz peligrosamente baja—. ¿Es que queréis arruinarme?

—No, le prometo que no —dije luchando contra un ataque de risa—. Sólo hemos venido a buscar a nuestro perro. Se nos había escapado.

En ese momento seguro que el Papá Noel de verdad hubiera hecho caer sobre nosotros una terrible tormenta o nos hubiera castigado con cualquier otro castigo. Pero el señor Blumenthal sólo bufaba como un toro furioso mientras pensaba qué hacer con nosotros.

Los altavoces del comercio nos salvaron, al menos por el momento: «¡Papá Noel y angelitos, por favor, acudan inmediatamente al despacho del señor Grossmann!»

—¡Me lo estaba temiendo! —refunfuñó el «enano de jardín»—. ¡Venga, vamos! Y por lo que más queráis, dejad a ese chucho aquí.

—¡Eh, tío, eh! ¡Entonces volverá a escaparse!

—¿Y a mí qué me importa? Ante el señor Grossmann no lo vais a llevar y tampoco se va a quedar ninguno de vosotros. ¡Vosotros os venís los cuatro!

—Podríamos dejarle encerrado en los vestuarios —propuse—. De allí no podrá escaparse.

—Está bien.

Nos disponíamos a marcharnos cuando un hombre se nos cruzó en el camino.

—Un momento. Todavía quedan los tiestos rotos. ¿Quién va a pagarlos?

—¡Los niños! —exclamó el enano de jardín—. ¿Quién, si no?

Intenté echarle a Fede una mirada especialmente fulminante.

—¿Cuánto es?

—Catorce con ochenta.

Fede me miró buscando ayuda. Desde que juntamos todo nuestro dinero para la reparación de mi ordenador, estábamos sin blanca. El dinero lo llevaba yo encima, en un bolsito colgado del cuello. Cuidaba de que no desapareciera nada. Pero esta vez no me quedaba más remedio que sacarlo y pagar.

—¡Esto me lo vas a devolver! —le ladré a Fede mientras íbamos de camino a los vestuarios.

—¡Eh, tía, eh! No te sulfures. Después de Navidad te lo devolveré. Da gracias a que no le ha pasado nada a Precioso.

Le encerramos en el vestuario, lo que nos agradeció con lloriqueos y silbidos. Entre Charly y yo tuvimos que llevarnos a Fede de allí a la fuerza; de lo contrario, seguro que él también se habría echado al otro lado de la puerta a lloriquear.

El señor Grossmann nos recibió con rostro serio, aunque culpaba más a nuestro jefe que a nosotros.

—Señor Blumenthal, ¿puede usted explicarme qué ha ocurrido esta vez? Ya le dije esta mañana que no quería ningún problema más con su personal. Buscamos atraer a los clientes con su actuación, no espantarlos.

—Sí, señor Grossmann, ya lo sé —dijo el señor Blumenthal, asombrosamente sumiso—. Ya he arreglado el asunto con Pit, tal como usted quería. Lo he despedido hoy mismo.

—Hombre, es que sólo faltaría eso —contestó el señor Grossmann.

—¿Pit está despedido? —preguntó Rabanito.

—Será mejor que os ocupéis de vuestros asuntos —contestó el señor Grossmann—, o de lo contrario vuestro empleo acabará antes de lo que pensáis.

—El asunto de los niños ha sido insignificante. E incluso se han hecho cargo de pagar los desperfectos. Es que son niños. Y usted quería niños para esta acción promocional, ¿no?

El señor Grossmann se nos quedó mirando.

—Está bien, dejémoslo pasar por esta vez. Pero

a partir de ahora mantendréis al perro alejado de aquí. ¿Me habéis entendido?

Una vez en el pasillo, ante el despacho del señor Grossmann, el enano de jardín nos detuvo y se puso en jarras.

—Haced simplemente vuestro trabajo y nada más. ¿Entendido?

Después de prometérselo, se dirigió con Rabanito y Fede hacia la rueda de la suerte. Fede nos había recordado insistentemente que sobre todo no nos olvidáramos de Precioso.

—Ya decía yo que con ese Pit ocurría algo raro —dijo Charly de forma triunfal cuando nos quedamos solos.

—Sí, pero ahora ya no está aquí —le contesté—. El caso está cerrado, señor superdetective.

—Ya verás como este asunto no se ha acabado. Lo presiento.

—Pues yo lo único que presiento es que por hoy he tenido suficiente —le contesté.

Sin embargo, todavía no había descubierto la sorpresa que nos tenía preparada Precioso.

Cuando abrimos la puerta del vestuario, había nevado. O al menos, eso parecía a primera vista. En un segundo vistazo comprobamos que se trataba de pequeños copos de gomaespuma esparcidos por toda la sala.

—¿Qué es esto? —exclamó Charly.

En seguida lo averiguamos. Precioso estaba muy orgulloso sentado sobre un pedazo de tela. Alrededor de su nariz tenía pegados trocitos de esos copos que había por todo el suelo.

—¡Ésta es la almohada con la que los Papá Noeles se rellenan la panza! O mejor dicho, lo era —dijo Charly.

—¡Precioso, eres el bicho más tonto que existe! ¿Lo sabías? —le grité a nuestro «Don Pupas».

Éste metió el rabo entre las patas y se retiró a un rincón, mientras Charly y yo recogíamos los intestinos de la almohada. Conseguimos dejar el suelo limpio, pero la funda de la almohada ya no tenía arreglo.

—Nos la llevaremos y por el camino la tiraremos en alguna parte —decidió Charly—. ¡Porque si se entera el Papá Noel de lo que ha hecho Precioso con su panza, podemos despedirnos definitivamente de nuestro curro!

Jueves, 17 de diciembre

Una cosa sí que hay que reconocerle a Charly: estando con él, nunca se aburre uno. A la mañana siguiente ya estaba pregonando una nueva idea.

Rabanito y yo nos habíamos encontrado a Fede de camino al colegio y yo le había contado la que había armado Precioso con la almohada de Papá Noel.

—¡Eh, tíos, eh! Menos mal que el enano de jardín no le pilló haciéndolo. A saber lo que hubiera hecho con Precioso.

Ya desde lejos notamos que Charly tenía algo en la cabeza. Inquieto, saltaba de una pierna a la otra.

—¡Estefi, a veces uno está realmente ciego! —comenzó en seguida—. Justo lo que tiene ante sus narices no lo ve.

—Podrías dejar de hablar en jeroglíficos —le interrumpí—. ¿Por qué dices que estás ciego?

—¡No, Estefi, yo no! ¡Nosotros! Ayer Precioso hizo trizas la almohada de Blumenthal, ¿no es así?

—Sí. ¿Y qué?

—Pues que eso quiere decir que no la llevaba puesta. Sin embargo, su panza abultaba. ¡De eso estoy completamente seguro!

—¡Eh, tío, eh! ¿Qué dices? ¿Quieres ir al grano de una vez?

—¡Pero si es eso! ¿Con qué había rellenado su panza, si no lo hace con la almohada?

Poco a poco empecé a caer en la cuenta.

—¿No querrás decir que llevaba cosas robadas allí debajo...?

—¡Por supuesto! ¿Con qué iba a rellenarla si no? Es el camuflaje perfecto. Nadie se imagina que un Papá Noel robe. Los Papá Noeles siempre traen cosas, no se las llevan. Y el amplio abrigo es el escondite perfecto.

—No me lo puedo creer —dije yo, aunque a mí también me había sorprendido que el enano de jardín se rellenara el abrigo, con el barrigón que tiene.

—Hombre, teóricamente sería posible —reconoció Rabanito.

—¿Entonces me crees? —se animó Charly.

—¡Yo no he dicho eso!

A juzgar por lo contento que estaba Charly, ahí no acababa todo.

—Estoy segura de que estás tramando algo.

—Así es —dijo Charly radiante—. Voto por que vigilemos al enano de jardín. ¿Quién más está conmigo?

Rabanito, Fede y yo nos miramos sin saber qué hacer.

—¡Eh, tío, eh! ¿Cómo quieres hacer eso? ¿Crees que él va a permitir que husmeemos tras él? ¡Si con nuestros camisones cantamos más que los niños cantores de Viena!

—Entonces tendrán que hacerlo los que no estén de servicio. Además, será mejor así, porque los otros de todas formas tendrán que trabajar.

¡Ya era suficiente!

—¡Hasta aquí podríamos llegar! —exclamé yo—. Todas las tardes estoy deseando salir de ese ambiente asfixiante y del continuo guirigay navideño. ¡Como para encima andar por ahí en mi tiempo libre!...

¡Y sólo porque tú tengas que perseguir a uno de tus fantasmas imaginarios! ¿Y si ésa era la almohada de Pit?

—Tendremos que encontrar pruebas. ¿Y qué pasa con vosotros? —preguntó Charly ofendido a Rabanito y Fede.

—Yo mañana tengo que ocuparme primero de Precioso —dijo Fede—. Después de todo lo que ocurrió ayer, seguro que me necesita.

Rabanito suspiró. Conocía a mi hermano lo suficiente como para saber que estaba luchando consigo mismo. Por alguna razón le costaba mucho contradecir a Charly. Pero al parecer esta vez fue demasiado, incluso para él.

Movió la cabeza negativamente.

—Yo tampoco creo que el asunto del enano de jardín tenga fundamento. Y aún tengo que estudiar para *Mates*.

Ésa sería la primera vez que Rabanito estudiara Matemáticas voluntariamente. Pero no dije nada.

Charly sacó pecho.

—¡Valientes compañeros estáis hechos! Cuando os necesito, escurrís el bulto. Pero no vayáis a pensar que no voy a conseguirlo sin vosotros. Yo vigilaré a los Papá Noeles. ¡Y descubriré algo! ¡De eso podéis estar seguros!

Con eso se dio media vuelta y, con la cabeza muy alta, se marchó.

—¡Eh, tíos, eh! Ése se cree de verdad que es uno de los detectives de la tele.

—Sí, pero de todas formas a mí me parece muy bien que no se deje doblegar —dijo Rabanito.

—¡Bah! —dije yo—. Lo que le pasa es que no sabe reconocer que está equivocado.

La Navidad se acercaba. Nosotros lo notábamos sobre todo en que el centro comercial estaba cada vez más abarrotado, la música navideña sonaba cada vez más alta y la gente estaba cada vez más histérica. Rabanito me había contado la noche anterior lo mucho que había tenido que trabajar y que continuamente los niños se ponían a berrear cada vez que la rueda de la suerte no sacaba premio y ellos se quedaban sin chocolate. De modo que, de camino al trabajo, sólo de pensar en la tarde que me esperaba, ya se me ponían los pelos de punta. Y para colmo, ese día teníamos que montar la rueda de la suerte precisamente en la sección de juguetes, donde ya se quedaría hasta el sábado. ¡Realmente no nos faltaba nada!

Ante la rueda de la suerte había un tumulto, como si todos los niños de la ciudad se hubieran citado allí. Charly y yo girábamos la rueda todo lo que nuestros brazos daban de sí. Tenía la sensación de que cada vez los tenía más largos. Estaba deseando que llegara la pausa, antes de que terminara pudiendo recoger flores sin agacharme. Por otro lado, tenía la mandíbula completamente desencajada de decir continuamente ese estúpido verso navideño. Por eso, sólo por dar un toque de variedad, intenté intercalar de vez en cuando versos navideños medianamente normales, como por ejemplo: «A Belén pastores, a Belén chiquillos, que ha nacido el Rey de los angelitos.»

Sin embargo, cada vez que lo hacía, nuestro jefe insistía en que recitara la mediocridad que él solito había escrito. Y por si fuera poco, Charly me abandonó.

—¿Puedes seguir un momento tú sola? —me preguntó de repente en voz baja.

—¿Tú no estás muy bien de la cabeza, verdad? ¿No ves el jaleo que hay aquí?

—Me daré mucha prisa. Sólo serán un par de minutos. Es que acabo de ver pasar al Stehle. ¡Tengo que contarle lo de la almohada!

—¿Acaso quieres que te echen la bronca otra vez? ¿Es que no vas a cansarte nunca?

Charly me cogió por los hombros y me zarandeó de forma que nuestros aros de santos se movieron como el rabo de Precioso cuando está mordisqueando su hueso de goma.

—¡Estefi, esta vez se trata de una buena pista! ¡De verdad! ¡Tienes que confiar en mí!

Charly consiguió que nuestro jefe se fijara en nosotros.

—¿Y ahora qué pasa otra vez con vosotros? ¿Cuánto tiempo más ha de esperar esta gente? —dijo señalando a unos cuantos críos que berreaban por su chocolate.

—Es que tengo que ir urgentemente al servicio

—mintió Charly—. Si no voy en seguida me lo voy a hacer encima.

—Entonces ve. Pero procura volver lo antes posible —refunfuñó el Papá Noel—. Al fin y al cabo no te pago por mear.

No había terminado de decir aquello y Charly ya se había largado. Tal como había imaginado, tardó algo más de lo que uno suele tardar cuando va al servicio. El señor Blumenthal ya había mirado dos veces su reloj cuando por fin apareció Charly. Pero no venía sólo. El señor Stehle venía con él y la expresión de su cara no auguraba nada bueno.

—¡Esto no puede seguir así! —comenzó a despotricar, mientras Charly se puso a mi lado deseando desaparecer del mapa—. Ya le he dicho varias veces que no quiero que los niños anden por el establecimiento. Este mocoso empieza a ser molesto.

—¿Qué es lo que ocurre ahora con él? —exclamó el navideño enano de jardín.

—Me ha estado molestando otra vez con una de sus fantasías. Esta vez incluso asegura que ha visto robando a ese Pit.

—¿Qué? —exclamó el señor Blumenthal, que se había quedado pálido—. Pero si ya no está aquí.

—Pues eso, no son más que chaladuras. Pero en adelante, que se olvide de mí con esas historias.

—Sí, sí, claro —dijo el señor Blumenthal, visiblemente aliviado—. No volverá a ocurrir.

El señor Stehle asintió.

—Está bien.

Y con esas palabras dejó a nuestro jefe allí y se marchó. Éste le echó a Charly una mirada que me recordó mucho a la que pone nuestra profesora de Biología, la señora Sulte-Stratmann, cuando está furiosa. ¡Y esa mirada era capaz de derretir el acero!

—No pienso alterarme ahora —dijo el señor Blumenthal—. Pero si me da un infarto, vosotros seréis los únicos culpables.

—Señor Blumenthal, lo siento mucho. Le prometo que no volverá a ocurrir —dije yo, muy dolida, aunque de buena gana hubiera cogido a Charly por el cuello.

—¡Eso no te lo crees ni tú! Ya es suficiente. Voy a hacer una pausa —se remangó el abrigo y se fue.

Casi al mismo tiempo Charly colgó nuestro letrero de «Fuera de Servicio».

—¿Puedes explicarme de una vez qué es lo que pasa? —le ataqué—. ¡Siempre me estás metiendo en líos! ¿Y qué es esa historia de Pit? Creía que querías contarle a Stehle lo de la almohada.

Charly hizo un gesto con la mano como queriendo apartar algo.

—Las cosas han dado un giro completamente diferente a lo que yo pensaba. Ven, vamos a los vestuarios. Allí podré contártelo todo.

Antes de que Charly comenzara a contarme sus últimas heroicidades, primero tuve que comer algo. Saqué mi bocadillo del armario y me dejé caer sobre uno de los bancos.

Charly se sentó a mi lado.

—Estefi, es cierto que he pillado a Pit robando. Iba vestido de calle. Sin su traje casi no le reconozco, pero estoy seguro de que era él.

Yo me aparté un poco de Charly.

—¡Ahora ya te has vuelto loco de remate! —exclamé salpicando las migas por todas partes.

—¡No, Estefi! ¡Es cierto! Fue en la sección de música. Stehle estaba junto a la caja, hablando otra vez con una de las vendedoras. Esperé un rato, porque no quería hablarle hasta que no estuviera solo. Así que me escondí tras una estantería y le observé.

—¿Por eso tardaste tanto, no? —le pregunté en tono de reproche.

—Sí, lo siento. Pero no pude hacer otra cosa. La cuestión es que justamente detrás de la caja hay una habitación en la que se guardan los CD.

—Pero ahí está prohibida la entrada —dije yo.

—¡Exactamente! —exclamó Charly—. Si se consigue entrar ahí, uno puede salir tranquilamente de la tienda con los CD robados, porque las etiquetas de seguridad con las que reacciona la alarma se pegan justo antes de colocarlos en las estanterías.

—¿Y tú has visto cómo Pit robaba los CD? —quise saber.

—No, no lo he visto directamente. Pero sí, que entraba en esa habitación.

—¿Y de verdad has reconocido a Pit? Tal vez fuera algún vendedor.

—¡Qué va! ¡Era él!

—¿Y Stehle no vio nada?

—¡Pues ésa es la cuestión! Él estaba a tan sólo un par de metros... No sé, probablemente estaba tan entretenido con la dependienta que no vio otra cosa. Quise ir en seguida, pero ese tipo fue demasiado rápido. Antes de que me diera cuenta había salido de la habitación y se había esfumado. Entonces se lo conté a Stehle.

—Pero él no te creyó —supuse.

—Tenías que haber oído la bronca que me echó. Que tenía alucinaciones, dijo. ¡Y hasta sostuvo que estaba mintiendo! Por suerte, la vendedora era muy maja y me apoyó. Dijo que últimamente estaban desapareciendo muchos CD y que nadie se explicaba cómo. Pero ese imbécil no quiso saber nada de todo eso y vino en seguida a hablar con Blumenthal.

La verdad es que Charly me daba pena. Por fin había observado a un ladrón de tiendas de verdad y el detective no le creía. Claro que estaba tan ansioso por atrapar a un ladrón, que también podría habérselo imaginado todo. Quién sabe quién era el hombre al que vio desaparecer en la habitación de los CD.

Viernes, 18 de diciembre

Aunque Charly siempre actúe como si fuera nuestro jefe, no se le puede dejar solo sin que se meta en problemas. Al imaginar los líos que era capaz de organizar, se me ponía la piel de gallina. Por eso decidí acompañarle la tarde siguiente al centro comercial para vigilar a los Papá Noeles.

—¿En serio? —exclamó cuando se lo dije—. ¿Entonces tú también crees que con esos Papá Noeles hay algo que no cuadra?

—No lo sé. Pero no estará de más que echemos un vistazo. Además, me apetece darme una vuelta por la tienda vestida de persona normal.

Cuando llegamos por la tarde a los grandes almacenes, Rabanito y Fede llevaban ya una hora dándole a la rueda.

—Lo primero que vamos a hacer es ir a la sección de música para enseñarte la habitación en la que ayer desapareció el ladrón.

—Vale —dije yo suspirando, a pesar de que ya conocía la habitación.

Mientras me enseñaba «el lugar del crimen», me volvió a contar por tercera vez su historia. Después me llevó hasta una de las estanterías en las que estaban colocados los *compacs*. Pescó uno.

—Aquí, ¿lo ves? Éste es el chisme que colocan para que suene la alarma. Pero si alguien entra en esa habitación y roba los CD, no le puede ocurrir nada, porque aún no están colocadas las etiquetas.

—¿Quién quiere robar algo aquí? —escuchamos una voz a nuestra espalda.

Era la del señor Stehle. ¡Qué casualidad!

—¿Robar? —exclamó Charly—. ¡Aquí nadie quiere robar nada! Sólo el tipo que ayer se metió a hurtadillas en esa habitación. ¡Y era Pit! ¡Pero como usted no quiso creerme!...

De buena gana le hubiera disparado a Charly en la boca. En vez de escabullirse discretamente del tema, le entra a trapo y empieza una discusión con el detective.

Y éste no se hizo de rogar.

—¿Ya estás otra vez con lo mismo? ¡Empiezo a pensar que todo esto te lo has inventado para distraerme de otras cosas!

—¿Qué quiere decir con eso? —salté yo, porque el asunto ya estaba yendo demasiado lejos.

Entre tanto habíamos llamado la atención de la cajera, que en seguida se acercó.

—¿Señor Stehle, qué ocurre? —preguntó preocupada, y en ese mismo instante su mirada se volvió a iluminar—. Ah, pero si es el simpático chico de ayer. Sin tu disfraz casi no te reconozco.

—Sospecho que estos dos tenían la intención de hacer desaparecer algo—dijo el asqueroso de él.

Iba a protestar, pero la agradable vendedora dio rápidamente la cara por nosotros.

—¡Qué va, señor Stehle! Si estos dos trabajan aquí. Estoy segura de que sólo querían comprar algo. ¿No es así?

—¡Exactamente! —dijo Charly en el acto—. Queríamos comprar este CD.

Y sin mirarlo siquiera, enseñó el CD que aún sostenía en la mano.

La dependienta lo miró detenidamente.

—Ah, sí. Es la última recopilación de música

folk. Yo también lo regalé una vez. ¿De verdad os interesáis por este tipo de música?

—¡No! Es..., eh..., para mi abuela, por Navidad —tartamudeó Charly.

—Vaya, pues ya verás qué contenta se va a poner tu abuela —dijo la vendedora radiante—. Venid conmigo a la caja. Iré a coger otro CD del almacén.

Sin rechistar, la seguimos. Ella desapareció en la famosa habitación, volvió poco después y comenzó a teclear en la caja registradora.

—¿Y cuánto cuesta? —preguntó Charly en voz baja.

—Exactamente dieciocho con noventa euros —nos contestó.

—Ah.

—Y en el precio va incluida una donación para una obra benéfica. Supongo que a tu abuela ese detalle le encantará.

Y una vez más tuve que sacar mi bolsito para pagar esa cantidad por una música de gaitas. Si esto seguía así, cuando termináramos este trabajo, tendríamos menos dinero que antes.

La vendedora estaba satisfecha. Charly recibió el CD y nos quitamos del medio.

—¡Una obra benéfica! Eres un completo rinoceronte, ¿lo sabías? —empecé a echarle la bronca cuando ya estábamos bajando por la escalera mecánica.

—¿Qué querías que hiciera? —se quejó Charly—. El detective nos estaba acusando.

—¿Nos? Te estaba acusando a ti. De modo que tú verás cómo piensas reponer el dinero de mi bolsillo.

A Charly se le cortó la respiración del susto.

—¿De dónde quieres que saque yo el dinero? ¿No podemos descontarlo como gastos? ¡Al fin y al cabo estábamos en acto de servicio, por así decirlo!

Es increíble lo ignorantes que son realmente los chicos. De buena gana le hubiera dejado sufrir un rato más, pero tenía ganas de irme a casa de una vez.

Por eso le dije:

—Dame el CD —y extendí la mano abierta.

—¿Por qué?

—Voy a recuperar el dinero.

—¿Y cómo quieres hacerlo?

—¿Has oído hablar alguna vez de la caja central? Pues allí uno puede simplemente devolver sus compras. Si el envoltorio está sin abrir y además puedes mostrar el tique de caja, no hay problema. Y como nosotros podemos...

Charly se golpeó la frente con la palma de la mano.

—¿Cómo no se me habrá ocurrido a mí?

—Ya ves, jefe. ¡Hay que discurrir!

6
El cazador es cazado

Sábado, 19 de diciembre

Comparado con el último sábado antes de Navidad, lo ocurrido durante los días anteriores en los grandes almacenes Hurtig había sido una minucia. Al parecer, no existía habitante en nuestra ciudad que aquel día no se encontrase en los grandes almacenes Hurtig. La gente se empujaba por los pasillos como en el parque de atracciones durante las vacaciones de verano. Y todo aquel que pasaba por nuestra rueda de la suerte quería ganar una ridícula cajita de chocolates. Charly y yo no tuvimos ni un minuto de tranquilidad. Me temo que no olvidaré en la vida el verso navideño del señor Blumenthal. Pero hay que reconocer que todo aquel jaleo tenía una ventaja: el tiempo pasaba volando. Cuando Rabanito y Fede se postraron ante nosotros con sus caras largas, no podía creer que fuera ya tan tarde. Nos fuimos juntos a los vestuarios para darles nuestros camisones y los aros de santo.

—Estefi, deberíamos ocupar otra vez nuestro puesto de vigilancia —propuso Charly de repente.

—¿Por qué? —pregunté—. ¿Quieres comprar otro CD para tu abuela?

—¡No, Estefi! Lo digo en serio. ¡No nos queda mucho tiempo! Sólo nos quedan unos días hasta Navidad. Si queremos atraparle, tenemos que seguir.

—Tú, si quieres, puedes ofrecerte como conejito de Pascua y seguir después de Navidad —le contesté—, pero yo me voy a mi casa. Tengo hambre y estoy cansada. Así que, por mí, como si el enano de jardín quiere vaciar el almacén entero.

—Lo que os pasa a todos es que no tenéis suficiente ambición —se quejó Charly—. ¡Pero yo seguiré vigilándole, pase lo que pase! Primero iré a casa a comer algo y luego volveré. Bueno, chicos, ya me pondré en contacto con vosotros.

Fede y Rabanito se cruzaron una mirada muy significativa y se pusieron en camino hacia su lugar de trabajo.

Yo me alegraba de haber terminado ya. Lo único que quería era salir de aquel manicomio.

—¿Entonces, qué? —le pregunté a Charly—. ¿Te vienes?

—Sí, sólo tengo que cerrar mi armario.

Rabanito y yo nos habíamos estado preguntando todo el tiempo por qué Charly cerraba siempre su armario cuando nos íbamos a casa, si entonces ya no había nada dentro. Incluso Fede se había dado cuenta. Pero sospechamos que Charly había leído ya tanto sobre crímenes, que incluso temía que alguien pudiera robar algo de un armario vacío.

Cuando salimos, tuvimos que pasar por la sección de perfumería, que estaba junto a la salida. Y nuestra suerte quiso que nos encontráramos precisamente con el bote de pinturas con piernas que había estado presente en la vergonzosa actuación de Charly.

—¿No sois vosotros los angelitos a los que les gustaría ser detectives?

Charly y yo seguimos andando sin girarnos. Tal vez así nadie notaría que se refería a nosotros. Pero al final terminamos atrayendo la atención de todo el mundo.

Ya casi habíamos cruzado la puerta, cuando empezó a sonar la alarma. Prácticamente en el mismo instante la vendedora de la perfumería se plantó ante nosotros.

—¡Alto! —gritó tan fuerte que algunos de los clientes se pararon en seco para ver si había algo interesante que observar.

—¡No deis ni un paso más! —dijo aquella burra estúpida más alto todavía, y eso que nosotros no nos habíamos movido.

—¿Qué es lo que pasa? —le pregunté yo—. ¿Por qué nos para?

—¿Y aún lo preguntáis? ¿Es que no oís la alarma? Vosotros la habéis hecho saltar.

—¿Nosotros? —exclamó Charly—. ¿Qué le hace pensar eso?

—El hecho de que empezara a sonar justamente en el momento en que vosotros traspasasteis la barrera electrónica.

—¿No insinuará que nosotros hemos robado algo, verdad? —dije yo.

Mi corazón latía cada vez más deprisa, y eso que era completamente inocente.

—Si es por eso, también puede haber sido cualquier otro —dijo entonces Charly—. Hay mucha gente entrando y saliendo por aquí.

—No, no. He visto perfectamente que habéis sido vosotros.

Entre tanto, ya se había agolpado un grupo de gente a nuestro alrededor. ¡Qué vergüenza! Seguramente yo tenía la cara roja como un tomate.

—¡Nosotros no hemos hecho nada! —lo intentó Charly de nuevo—. Por favor, déjenos marchar.

—Eso se lo contáis al señor Stehle —dijo la vendedora, insensible—. No tardará en venir.

¡Precisamente el detective del centro comercial! La gente se agrupaba ya en dos filas a nuestro alrededor y nos miraba de arriba abajo. Seguro que la mayoría de ellos nos tomaron por ladrones de tiendas. Ojalá no hubiera ningún conocido entre ellos. Casi me alegré cuando por fin apareció el señor Stehle.

—Vaya, vaya, ¿a quién tenemos aquí? —dijo cuando nos reconoció—. ¡Con vosotros no tiene uno más que quebraderos de cabeza!

—¿Qué ocurre, señorita Schindler? —le preguntó a la vendedora de la perfumería.

—Estos dos han hecho saltar la alarma —contestó, como si estuviera informando sobre la caza de dos conejos.

Me dio la impresión de que el detective se alegraba.

—Eso sí que es interesante.

—Pero nosotros no hemos...

—Eso me lo podéis contar en mi despacho.

Primero venid conmigo. Señorita Schindler, ¿podría estar usted presente, por favor?... Como testigo.

Como era de esperar, no hizo falta pedírselo dos veces. Y a nosotros no nos quedó más remedio que pasar entre toda esa gente que había estado atentamente observándolo todo. Intenté no mirar a nadie esperando que así no me reconocieran. Pero al parecer existe una ley natural por la cual ciertas personas siempre aparecen cuando menos se las necesita. Y así ocurrió también en esta ocasión.

—¡Esto es típico! —escuché decir una voz tras de mí.

No necesitaba volverme para saber quién era, y no lo hice. Era nuestra vecina, la señora Dubbe. ¡Tenía que ser ella! La señora Dubbe pertenece a esa clase de personas para las cuales los niños no valen absolutamente para nada. Su deseo más profundo es que las personas nazcan ya como adultos. Al menos una vez por semana se queja de Rabanito y de mí a nuestros padres: o armamos demasiado jaleo, o somos unos maleducados, o pisamos su césped, o todo a la vez. Y precisamente ella estuvo presente cuando nos detuvieron a Charly y a mí como si fuéramos delincuentes peligrosos. Pero con eso aún no había terminado nuestro calvario.

En su despacho, el detective nos sujetó de los hombros y nos empujó para que nos sentáramos en dos sillas que había ante su mesa. Él se sentó detrás y la señorita Schindler se quedó de pie a su lado. La escena me recordaba a los interrogatorios que salen siempre en las películas de la tele. Sólo faltaba el foco sobre la mesa iluminando nuestras caras.

—Bueno —dijo el detective—, vaciad los bolsillos.

—¡No nos puede obligar a hacer eso! —dije yo en seguida.

Eso también lo había visto en la televisión.

El señor Stehle se reclinó en su silla y me sonrió.

—Tienes razón. Si quieres, puedo llamar a la policía y así podrás discutirlo con los agentes.

Charly y yo nos miramos durante un instante y luego comenzamos a vaciar los bolsillos y a dejar todo lo que iba apareciendo sobre la mesa: primero los bolsillos de los pantalones, luego los bolsillos exteriores de nuestras chaquetas, luego los bolsillos interiores... De repente, Charly se quedó petrificado y sacó con dos dedos algo del bolsillo interior de su chaqueta. ¡Era un CD!

El señor Stehle se inclinó ligeramente hacia delante y le quitó el disco de la mano.

—¡Mira por dónde! ¿Qué es lo que tenemos aquí? Supongo que tendrás el tique de compra de esto, ¿verdad? Sólo que, al parecer, no han retirado el seguro electrónico.

—¡Yo no he comprado ese CD! ¡Ni siquiera es mío! —exclamó Charly tan alto que se le escapó un gallo.

—¿Eso significa que admites que lo has robado?

—¡No! —gritó Charly más alto aún—. ¡Ni siquiera sé cómo ha ido a parar a mi chaqueta!

Aquello estaba ocurriendo ante mis ojos como si se tratara de una película con la que yo no tenía nada que ver. ¿Charly, un ladrón? ¡No, eso era imposible! No lo creí ni un solo instante. Precisamente Charly, que se creía algo así como el Zorro... Sólo podía haber una explicación de cómo había llegado el CD a su chaqueta: ¡alguien se lo había metido para inculparle!

Pero el señor Stehle no opinaba lo mismo. Se volvió a recostar en su silla y se cruzó de brazos.

—Dime, hijo, nos estás tomando por tontos, ¿o qué? ¡Debes saber que no estás tratando con principiantes!

Le asintió a su princesa de la perfumería y a cambio recibió la sonrisa de admiración que probablemente había esperado.

—¿Qué va a hacer ahora? —le pregunté, mientras me imaginaba a nuestros exaltados padres recogiéndonos del calabozo de la policía.

—Bueno —dijo el señor Stehle lentamente—, creo que vuestros padres no os han enseñado la diferencia entre el bien y el mal. Pero como tenemos la Navidad muy cerca y yo no estoy interesado en minar vuestro futuro, intentaré resolver este asunto sin la policía.

Charly estaba a punto de llorar.

—¡Pero si yo no he hecho nada!

—¡Si sigues mintiendo tan descaradamente, es posible que aún cambie de idea con eso de la policía! —le gritó el detective.

Curiosamente, yo estaba de repente muy tranquila. Posiblemente era porque sentía que aún podíamos salir de ésta dándonos con un canto en los dientes.

—¿Y qué va a hacer?

En vez de responderme, el señor Stehle cogió el teléfono y le dijo a alguien al otro lado del auricular que llamara por el altavoz al señor Blumenthal, para que éste se personase en el despacho del señor Grossmann.

¡El Director de Ventas y el enano de jardín! Tal vez la policía hubiera sido la mejor opción.

El detective nos hizo levantar de nuestras sillas de manera brusca —no esperaba que se comportara de otra forma— y nos ordenó seguirle. Delante de la puerta se despidió de la señorita Schindler y le agradeció con mucha pompa su indispensable ayuda. Yo me propuse no comprar jamás ni perfume ni maquillaje. Luego, el implacable sabueso nos arreó por el pasillo hasta la antesala del Director de Ventas.

—Es urgente. ¿Podríamos hablar con el jefe? —preguntó a la secretaria del señor Grossmann.

Sin preguntarle por el motivo, pulsó la tecla del telefonillo interno.

—Señor Grossmann, el señor Stehle está aquí y quiere hablar con usted. Dice que es urgente. Y también trae a dos niños.

—Está bien, que pase —dijo una voz distorsionada instantes después por el altavoz.

La secretaria se levantó y abrió la puerta. El señor Stehle se sentó sin preguntar en una de las sillas para las visitas que había delante del enorme escritorio de su jefe. Éste miró primero con cara de interrogante a su detective y luego a nosotros.

—¿Otra vez vosotros?

—Sí, desgraciadamente. Una historia muy desagradable —contestó el detective por nosotros.

El señor Grossmann soltó un gemido.

—¿Pero es que uno sólo va a tener problemas con vosotros?

Antes de que alguien pudiera responder, sonó nuevamente el telefonillo:

—El señor Blumenthal también está aquí. Dice que usted quería hablar con él.

—He sido yo el que le ha pedido que venga —dijo el señor Stehle en seguida.

El señor Grossmann suspiró.

—Que pase también —le contestó a su secretaria.

El enano de jardín entró en el despacho vestido de la cabeza a los pies de Papá Noel, incluida la barba y el gorro. Cuando nos vio se quedó petrificado.

—¡No! —exclamó—. ¡Por favor, otra vez vosotros no! ¿Qué habéis hecho?

—Pues eso es lo que yo quisiera saber de una vez, señor Stehle. ¡Me están robando un tiempo precioso!

—Señor Grossmann, casualmente ha empleado la palabra clave —comenzó el detective.

En un par de frases cortas informó de lo que había sucedido. Aquello sonó a informe policial, lo que resultaba aún peor que la reprimenda furiosa en su despacho.

En cuanto el señor Stehle hubo terminado con su informe, el enano de jardín se dejó caer en uno de los sillones que rodeaban una mesa baja para las vi-

sitas que había en un rincón del despacho. En cambio, el señor Grossmann se levantó de un brinco.

—¡Ya estoy harto! —gritó.

Por algún extraño motivo, parecía estar más furioso con el señor Blumenthal que con nosotros.

—¡Primero el asunto de su sustituto como Papá Noel, luego lo de los tiestos de cerámica y ahora, para colmo, esto!

Al principio el señor Blumenthal no dijo nada. Miraba fijamente al detective de la casa con cara de incredulidad y movía la cabeza de forma que su barba postiza se columpiaba de un lado a otro. Pero de repente explotó.

—¡Pero en qué estabais pensando! ¡Robar! ¡Eso es lo último!

¡Robar! Esa palabra descolocó a Charly por completo.

—¡Pero si yo no he robado nada! —le gritó al señor Blumenthal—. Por favor, tiene que creerme.

—¡Ya basta! —intervino el señor Grossmann—. Señor Blumenthal, por favor, recoja todas sus cosas y abandone este establecimiento. Y llévese a los niños.

El enano de jardín se levantó tan deprisa que se le escurrió la barba, y se le quedó colgada al cuello como una bufanda.

—¡Pero, señor Grossmann, no puede hacer eso! Sólo he tenido mala suerte. Pit llevaba tiempo trabajando para mí y hasta ahora nunca había tenido problemas con él. Y los niños daban buena impresión...

—Evidentemente se equivocó, ¿no cree? —le contestó el Director de Ventas fríamente.

Blumenthal no se daba por vencido.

—¡Por favor, señor Grossmann, no me haga esto! ¡Sería mi ruina! ¡Usted es mi mejor cliente y, hasta ahora, hemos trabajado muy bien juntos durante todos estos años!

El responsable del centro comercial se cruzó de brazos y cerró los ojos, como si quisiera meditar.

—Está bien —dijo finalmente con voz mucho más pausada—. Le daré otra oportunidad. ¡Pero sólo una! Y en lo que se refiere a vosotros —dijo dirigiéndose a nosotros—, vais a abandonar inmediatamente este establecimiento. A partir de ahora tenéis prohibida la entrada. ¡Los cuatro!

—Pero si mis amigos no han...

—Eso tenías que haberlo pensado antes —le interrumpió el señor Grossmann a Charly—. He dicho los cuatro y me refiero a los cuatro. Podéis dar gracias de que no llame a la policía. ¡Y a vuestros padres..., no quiero estropearles la Navidad, pero después de las fiestas van a tener que oír algunos detalles sobre sus queridos retoños!

—¡Convendría que el de las manos largas vaciara su armario antes de irse! —exclamó el detective de la casa metiéndose por medio—. Porque ya no volveréis a poner un pie en este establecimiento. ¡De eso me encargo yo!

—Y por supuesto, olvidaos de cobrar vuestro sueldo —añadió el enano de jardín.

Charly ya no dijo nada. Miraba fijamente por la ventana como si todo eso no fuera con él. Tal vez esté un poco chiflado, pero esto no lo merecía. Yo lo único que deseaba era salir de aquel despacho. Así que le cogí de la mano y tiré de él tras de mí. ¡Larguémonos de aquí!, pensé, y me apresuré a salir del despacho y cruzar el pasillo.

—¡Esto traerá cola! —nos gritó el enano de jardín.

Yo no hice ni caso y seguí andando. Sólo cuando llegamos a la escalera que bajaba a los vestuarios, comencé a andar un poco más despacio.

—Ahora seguro que el enano de jardín irá a ver a Rabanito y Fede y los echará. ¡Anda que no van a extrañarse poco! —dije, sólo por decir algo.

Charly se quedó parado y se me quedó mirando con una mirada como nunca había visto en él.

—¡Por favor, Estefi! —me suplicó—. Tienes que creerme. De verdad que yo no robé el...

—Pero bueno, ¿por quién me tomas? —le interrumpí—. ¡Pues claro que sé que no robaste ese CD!

A Charly se le quitó un peso de encima.

—¡Gracias! —dijo, y salió corriendo escaleras abajo.

Yo le seguí lentamente. Seguro que necesitaba pasar unos minutos a solas.

Cuando llegué al vestuario, estaba zarandeando con todas sus fuerzas un armario cerrado con llave.

—¿Pero qué haces? —exclamé—. ¿Acaso te has vuelto loco?

—¡Éste es el armario del enano de jardín! —jadeó Charly furioso—. ¡Estoy seguro de que aquí es donde tiene todas las cosas que ha robado!

—¡Charly, tío! ¡Déjalo estar! ¿No ves que esto ya no tiene sentido?

En vez de contestar, Charly le dio una patada al armario de Blumenthal, corrió hacia su propio armario y empezó a remover su cerradura. Al abrir bruscamente la puerta, se cayó un bolso hacia fuera. Charly debía de haberlo metido allí abierto, porque de él salieron cantidad de chismes.

Tuve que mirar dos veces antes de creer todo lo que estaba viendo desparramado por el suelo: una lupa, una linterna abollada, unas pinzas y un llavero repleto de diferentes llaves, tan oxidadas que probablemente ya no cabrían en ninguna cerradura. En pocas palabras: ¡un equipo completo de detective! Junto a mis pies había ido a parar una cajita plana. La recogí y le di la vuelta.

EL PEQUEÑO SHERLOCK HOLMES
(MI PRIMER JUEGO DE DETECTIVES)
–Incluye un equipo para detectar huellas dactilares–

Iba a reírme pero, al mirar a Charly, no pude. De repente, viéndole ante mí con los ojos muy abiertos del susto, me dio tanta pena, que sólo le devolví la caja.

—¡Toma! Guarda esto en seguida, antes de que lleguen los demás.

Charly me lo quitó de la mano y lo metió en su bolsa junto a las demás cosas de su «equipo de detectives». Unos segundos más tarde aparecieron Rabanito y Fede.

—¡Eh, tíos, eh! ¿Sabéis vosotros lo que ocurre? Primero llamaron a Blumenthal para que fuera a ver al Director de Ventas y luego, cuando volvió, nos echó de allí diciendo que teníamos prohibida la entrada y que vosotros teníais la culpa. ¿A ése le ha dado un *yuyu* o qué?

Tan rápida y tan tranquila como pude, les conté lo que había ocurrido.

—¿Charly, un ladrón? —exclamó Rabanito cuando hube terminado—. ¡A ésos les falta un tornillo!

Charly se lo quedó mirando con una agradecida sonrisa. También Fede demostró que pensaba lo mismo del asunto girando su dedo índice contra la frente.

—¡Eh, tíos, eh! ¡Ahora sí que me he hartado definitivamente de esta porquería de angelitos!

Se arrancó el aro de santo de la cabeza y lo tiró con rabia a un rincón. Poco después voló también el camisón con las alas traseras.

—Ahora larguémonos de aquí cuanto antes —dijo Rabanito tirando también su camisón al montón.

Yo no podía haberlo dicho mejor. Tampoco yo soportaba estar allí ni un segundo más. Era como si me faltara el aire para respirar.

Una vez fuera, invité del fondo común a mis amigos, en un acto de generosidad, a tomar una Coca-Cola y una hamburguesa. Como de todas formas podía ir olvidándome por algún tiempo de la reparación de mi ordenador..., ya no importaban unos cuantos euros más que menos. De camino hacia nuestro local preferido, Charly mantenía bien agarrada su bolsa. A la pregunta de Rabanito sobre qué llevaba allí dentro, apenas murmuró algo de un recipiente para el bocadillo. Curiosamente no se me ocurrió delatarle, ni tampoco tomarle el pelo.

Después de recuperar nuevas fuerzas ya nos sentíamos algo mejor y hasta pudimos volver a reírnos. Mientras había estado primero en el despacho del detective y luego con el señor Grossmann, había tenido miedo y me había sentido avergonzada como nunca antes. Seguramente para Charly la cosa había sido mucho peor. ¿Qué sentido tenía todo aquello? Por mucho que nos exprimíamos los sesos, no se nos ocurría nada que pudiera explicar lo ocurrido. En cambio, en una cosa nos pusimos en seguida de acuerdo. No queríamos esperar a que el señor Grossmann llamara a nuestros padres después de las Navidades. Preferíamos decírselo antes nosotros mismos. Aunque no resultaría muy divertido, era mejor que estar cargando con ello durante todas las vacaciones. Decidimos confesárselo, como muy tarde, antes del lunes.

De camino a casa, Rabanito y yo acordamos decírselo a nuestros padres al día siguiente después del desayuno. Era el mejor momento. Tras un agradable desayuno dominical casi siempre estaban de tan buen humor que lo asimilarían mejor.

—Al menos ahora podremos olvidarnos del caso Papá Noel —dijo Rabanito de repente—. Después de todo este lío, creo que Charly se habrá hartado definitivamente de él. ¿Tú qué crees?

—Seguramente —dije dándole la razón, aunque en este tema ya me había equivocado varias veces en los últimos días.

Domingo, 20 de diciembre

Después del desayuno, mis padres efectivamente estaban de buen humor. Pero era tan bueno que no nos atrevimos a estropeárselo. Intentamos varias veces sacar la conversación, pero siempre soltaban cualquier chistecillo que nos hacía reír y derrumbaba nuestro bonito plan.

Finalmente Rabanito y yo quedamos por señas en ir a nuestras habitaciones y ponernos de acuerdo sobre lo que íbamos a hacer; justo entonces sonó el timbre de la puerta.

—¡Buenos días, señora Dubbe! —escuchamos decir a mamá, que había abierto la puerta.

Sudores fríos y calientes a la vez me recorrieron la espalda. Rabanito me miraba preguntándome qué pasaba. Yo había apartado por completo de mis pensamientos que la señora Dubbe había sido testigo de nuestro lamentable incidente en Hurtig, por lo que Rabanito tampoco sabía nada. Y ahora ya no era necesario.

—¿Qué está diciendo? —tronó la voz de mamá unos instantes después por toda la casa—. ¡Óscar! ¡Estefanía! ¡Venid inmediatamente!

Mientras papá se precipitaba a la puerta y nosotros nos escabullíamos tras él, pude susurrarle a mi hermano lo esencial:

—Ayer nos vio a Charly y a mí en Hurtig.

—¡Mierda!

Yo no lo hubiera podido definir mejor. Sobre todo cuando vi con qué caras nos esperaban nuestros padres en la puerta, aparte de la señor Dubbe, claro. ¡Seguro que es una bruja!

—La señora Dubbe dice que ayer os pillaron robando en los grandes almacenes Hurtig —soltó mamá con una voz peligrosamente temblorosa.

Yo iba a empezar a defenderme, cuando volvió a subirme la rabia.

—¿Mamá, acaso te crees eso? —exclamé—. ¿Crees que nosotros haríamos algo así?

—Estefanía, sólo te he preguntado. La señora Dubbe dice...

—¡Y yo digo que no es cierto! Si le crees más a ella que a mí —grité interrumpiéndola—, entonces, entonces...

Quería decir algo, pero no fui capaz de soltar ni una sola palabra más. En vez de eso, me di media vuelta y corrí escaleras arriba. Rabanito aprovechó la ocasión y salió corriendo tras de mí.

Una vez en mi habitación me tiré a mi cama, arrugué la almohada y la lancé contra la pared, donde arrancó mi póster preferido. Si Rabanito no hubiera estado conmigo y me hubiera calmado, seguramente habría destrozado media habitación.

Cuando mis padres entraron en mi habitación, yo ya me había tranquilizado. Los dos se sentaron en mi cama, a mi lado, y me miraron en silencio, como si no supieran qué decir.

—¿Qué es lo que ha dicho esa tonta de la señora Dubbe? —preguntó Rabanito.

—La señora Dubbe —dijo mi padre con una mirada de castigo hacia mi hermano— ha dicho que ayer observó cómo a Estefanía y a uno de sus amigos, que sería seguramente Charly, se los llevaba detenidos el detective de Hurtig, porque habían hecho saltar la alarma.

Papá no dijo nada más y tampoco preguntó nada. Esperaba a que uno de nosotros les explicara a él y a mamá lo que significaba todo aquello.

Por suerte, esta vez se encargó Rabanito. Estaba tan furiosa contra esa vieja bruja que no sé si yo hubiera sido capaz, sin que me diera un ataque. Rabanito contó la historia como si él hubiera estado presente. Había memorizado cada detalle.

—¡Eso suena a película policíaca mala! —exclamó mi madre cuando Rabanito hubo terminado.

A pesar de la rabia que tenía dentro, tuve que sonreír. Seguro que Charly se hubiera tomado a mal lo de la película policíaca mala.

Papá se levantó y se fue a la ventana.

—Precisamente Charly —dijo de espaldas a nosotros—. Me cuesta creerlo… —se volvió a girar hacia nosotros—. Y vosotros estáis seguros de que no ha cogido ese CD, ¿verdad?

—¡Papá! —exclamé yo—. ¡No empieces ahora tú también! ¡Yo creía que al menos vosotros nos apoyaríais!

Papá levantó las manos.

—Sí, sí, y así es. Sólo pretendía asegurarme. Al fin y al cabo, se trata de robo y no es ninguna tontería.

—Papá, puedes estar seguro. Charly nunca robaría nada.

—Yo no entiendo nada —dijo mamá moviendo la cabeza—. ¿Quién puede hacerle algo así a unos niños?

—Eso también nos gustaría saberlo a nosotros —contestó Rabanito.

—Pero lo que más me molesta en todo este asunto —dijo papá— es la forma en que os han tratado. ¡Aunque Charly hubiera robado realmente ese CD, no pueden prohibiros así como así a los demás la entrada!

—¡Y el dinero! —exclamó mamá—. Los niños han estado trabajando duro. Tienen derecho a recibir su sueldo. Demasiado fácil se lo ha montado ese... ¿Cómo se llamaba?

—Enano... Eh, quiero decir Blumenthal.

—¡Pues espera a después de las Navidades, que le voy a cantar las cuarenta!

Yo me asusté.

—¿Mamá, acaso pretendes ir a hablar con él?

—Por supuesto —contestó papá—. No vamos a dejar que esto pese sobre vosotros.

—¿Y tendremos que ir nosotros también? —preguntó mi hermano, que debía de tener los mismos pensamientos que yo.

Mamá se lo quedó mirando sorprendida.

—Hombre, sin vosotros no creo que sea posible. ¡Al fin y al cabo vosotros sois el motivo!

Si a mí me parecía muy bien que nuestros padres nos defendieran de esa manera, y el dinero me vendría más que bien, pero temblaba ante la idea de ir, como un bebé, de la mano de papá y mamá, y volver a pasar por todo aquello.

Y la cosa se puso aún peor.

—Seguramente los padres de Charly y la madre de Fede piensan igual que nosotros —dijo mamá—. Deberíamos llamarles por teléfono. Si nos presentamos todos juntos en el centro comercial Hurtig, ¡que se atrevan a decirnos en la cara que nuestros hijos son unos ladrones!

—Es una muy buena idea —dijo papá, antes de que nosotros pudiéramos decir nada—. Voy a llamarles ahora mismo. ¿Niños, tenéis el número?

Eso ya era demasiado.

—¿Papá, tiene que ser ahora? Quiero decir que sería suficiente si fuésemos nosotros. ¡Todo esto es tan embarazoso!

—En eso tienes razón, Estefanía. Efectivamente es embarazoso, pero no para nosotros, sino para la gente de Hurtig, ¡y para vuestro Papá Noel!

—Pero es que no sabemos si Charly y Fede se lo han contado ya a sus padres —lo intentó Rabanito de nuevo—. Y si no lo han hecho y vosotros les llamáis ahora, Fede y Charly pensarán que les hemos traicionado.

Mamá y papá se miraron.

—Está bien —dijo papá—. Entonces los llamáis vosotros. Si ya lo han contado, les decís que nos gustaría hablar con sus padres.

¿Qué puede hacerse contra tanta sensatez paternal? Sólo pudimos persuadirlos de que no llamaran en seguida. Queríamos dejar a nuestros amigos un poco más de tiempo.

Pudimos posponer las llamadas hasta la hora de la comida. Después, mamá y papá ya no tuvieron compasión. Por suerte Fede y Charly también habían pasado ya por ello. Tal como lo contaron, la escena debió de haberse desarrollado de forma parecida a la nuestra.

Lo que siguió después fue una especie de conferencia telefónica entre padres preocupados, siempre bajo el mismo patrón. Primero decían lo consternados que estaban; luego se confirmaban mutuamente que sus hijos jamás harían algo así; después cargaban sobre la gente de Hurtig y nuestro Papá Noel jefe; y finalmente quedaban para ir todos juntos después de las Navidades al centro comercial para aclarar el asunto, «de una vez por todas», como decían. Como era un poco difícil encontrar una fecha que les viniera bien a todos, el asunto fue un par de veces de un lado a otro. Cuanto más tiempo observaba a mis padres telefonear, más miedo me daba la idea de aparecer con todo el equipo en Hurtig. ¡Esto sólo podía acabar en catástrofe!

—¡Va a ser un absoluto horror! —opinó también Rabanito cuando por fin nuestros padres se pusieron de acuerdo en una fecha y nosotros nos habíamos retirado a la habitación de mi hermano—. ¿Pero qué podemos hacer para evitarlo?

—Pregúntame algo más fácil.

—¡Tal vez Charly tenga alguna idea!

7
Cambian las tornas

Lunes, 21 de diciembre

En cuanto Rabanito y yo llegamos al patio del colegio, vimos a Charly de lejos, y adiviné que ya se le había ocurrido alguna de las suyas. Con las manos enterradas en los bolsillos de su chaqueta, paseaba de un lado a otro, como un tigre enjaulado. Eso sólo podía significar una cosa: nos estaba esperando. Y eso sólo lo hacía si había tenido una idea ante la cual esperaba que todos le admirásemos. Esta vez incluso podía tener suerte.

—Ya era hora de que llegarais —nos saludó como si no hubiera ocurrido nada—. ¿Habéis visto a Fede?

Rabanito consultó su reloj.

—No, pero aún es pronto. ¿Por qué estás tan nervioso? —preguntó como quien no quiere la cosa.

—Tengo que comentaros algo.

—¿El qué?

Charly miró a mi hermano como si éste viviera en la Luna.

—¿El qué? ¡Es difícil hacer una pregunta más estúpida que ésa! ¡Quiero hablar con vosotros porque me han acusado falsamente de un crimen!

—¿Crimen? —contesté yo—. ¿No estás exagerando un poco?

—Claro, como tú no tuviste que soportar todas esas calumnias...

—¡Eh, tíos, eh! ¿Qué opináis de que nuestros padres quieran ir con nosotros a Hurtig?

Fede acababa de llegar.

—¿Y lo preguntas? —contesté—. ¡La palabra «horror» se queda corta!

—Bien, pues ése es el quid de la cuestión —dijo Charly—. Por lo que a mí respecta, no pienso ir allí con mis padres. ¿Sabéis lo que ha dicho mi madre? Que no parará hasta que Grossmann, Stehle y el enano de jardín me pidan disculpas públicamente. ¡Públicamente! Igual salgo hasta en el periódico, para que luego todo el colegio se ría de mí. ¡Pues conmigo que no cuenten!

—¿Y qué vas a hacer para evitarlo? —quiso saber Rabanito.

—Eso es precisamente lo que quería hablar con vosotros. Estuve pensando en ello todo el domingo y sólo hay un camino. Tenemos que aclarar este asunto, antes de que se metan por medio nuestros padres.

—¡Eh, tío, eh! ¿Pero cómo quieres aclarar esto? Si el sábado no conseguimos avanzar nada. ¡Nada de lo que se nos ocurría tenía sentido!

—¡Alto! —le interrumpió Charly sacando una hoja de su cartera, sin enseñárnosla aún.

Era típico de él. Quería mantenernos otra vez sobre ascuas.

—Tenemos que actuar con lógica. ¡Hay que discurrir! Os lo he dicho infinidad de veces —carraspeó un poco haciéndose el importante—. Bueno, si se quiere resolver un crimen, hay que tener en cuenta dos cosas: el culpable tiene que tener un móvil y la posibilidad de cometer dicho crimen.

—¡Eh, tío, eh! ¿Por qué no lo haces más lento aún?

—Ya va, ya va. No pierdas la calma. Lo que de momento está claro es que necesitaban quitarme del medio. Debía de estar acercándome demasiado con mi investigación. El culpable debió de asustarse y cualquier método le pareció bueno. Ahora sé que me encontraba en grave peligro. En un centro comercial es muy fácil simular un accidente: una estantería que se cae, una caída por las escaleras mecánicas... —Charly hizo una pausa de efecto dramático.

Los demás nos miramos atónitos. Ahora sí que se había vuelto loco de remate. Pero él continuó con toda la naturalidad:

—El sábado, entre las nueve de la mañana y las dos de la tarde, alguien tuvo la oportunidad de poner el CD en mi chaqueta. Porque ése es el tiempo que estuvo colgada en mi armario, y antes de eso aún no estaba allí. De eso estoy seguro, porque antes de dirigirnos a la rueda de la suerte, saqué un paquete de pañuelos precisamente de ese bolsillo de la chaqueta.

—¡Pues ahí lo tienes! —exclamó Rabanito, que fue el primero en recuperarse—. El armario estuvo todo el tiempo cerrado con llave, de modo que nadie pudo acceder a tu chaqueta. ¡Eso ya lo comentamos ayer!

—¡Y ése fue el error! —dijo Charly triunfal—. Es cierto que la llave la tenía yo, pero el cerrojo pertenece al centro comercial. ¡Seguro que existe una segunda llave! Y estará en cualquier despacho, tal vez en el de Stehle o en el de Grossmann.

—¿Y eso qué significa? —preguntó mi hermano.

—Eso significa que cualquiera que durante ese tiempo tuviera acceso a los despachos también pudo llegar a mi chaqueta. Y en los despachos sólo entran los empleados de Hurtig.

—¡Eh, tío, eh! ¿Sabes cuántos empleados tiene Hurtig?

—Claro, pero también está el móvil.

—¿Y quién crees que tiene un móvil? —quise saber yo.

—Ya lo he dicho: alguien para el que yo empezaba a ser peligroso.

Las charlatanerías de Charly poco a poco me estaban sacando de mis casillas.

—¿Puedes enseñarnos de una vez lo que tienes apuntado en ese papel?

—Lo iba a hacer ahora mismo —dijo Charly refunfuñando al entregármelo—. Ahí he apuntado a todos los empleados del centro comercial que me conocen.

Desplegué el papel y leí lo que había escrito:

Sospechoso	Posibilidad	Móvil
Blumenthal	sí	tal vez
Pit	tal vez	tal vez
Grossmann	sí	no
Stehle	sí	tal vez
Vendedora de perfumería	sí	no
Vendedora de CD	sí	no

—No lo entiendo del todo —dije yo una vez que también Fede y Rabanito habían leído la nota.

—Yo te lo explico —dijo Charly, tan generoso que yo volví a estar furiosa con él—. En realidad, posibilidades tenían todos, menos Pit, ya que está despedido. Aunque, por otra parte, pudo haber entrado a hurtadillas sin problemas, porque conoce el establecimiento como la palma de su mano.

—¡Eh, tío, eh! ¿Y qué pasa con el móvil? ¿Por qué tienen los Papá Noeles y el detective tal vez un móvil y los demás no?

—¡Hay que discurrir, Fede! Si es muy fácil. Vamos a empezar por aquéllos a los que podemos descartar. Grossmann me conoce, pero no muy bien. ¿Y por qué iba a robarse a sí mismo y luego prohibirme a mí la entrada? Eso no me lo creo.

A nosotros tampoco nos pareció creíble.

—Nos quedan la vendedora de la perfumería y la cajera de la sección de CD. La cajera es demasiado simpática, e incluso me ayudó cuando Stehle nos sorprendió a Estefi y a mí junto a los *compacs*. Y la tía de los perfumes es demasiado estúpida para llevar a cabo un plan tan refinado.

Aunque yo no sabía por qué el plan era tan refinado, tampoco me imaginaba que las vendedoras le hubieran colocado el CD a Charly.

—Llegamos pues a los sospechosos más interesantes —se infló Charly—. Primero los Papá Noeles. He vuelto a meditar sobre todo el asunto. Y estoy completamente convencido de que todo ha sido una maniobra para despistar. Pit ha robado y, para no levantar sospechas, su banda le ha tenido que sacrificar. Porque de lo contrario Stehle se habría mosqueado.

—¿Y eso de dónde te lo sacas? —le interrumpió Rabanito—. A Pit lo echaron porque era un vago y, para vengarse, empezó a robar.

—Yo apuesto por el crimen organizado... —dijo Charly mirándonos con gesto singular.

—Ya, ya, Charly, Papá Noel *Connection* ataca de nuevo, ¿no? Anda, vamos a seguir con la lista. ¿Por qué tiene Stehle un móvil?

—Pues muy sencillo: envidia.

—¿Cómo?

—Está muy claro. Me tiene envidia porque yo pillé a Pit robando y él no. Tal vez pensó que podía quitarse a la competencia del medio haciéndome parecer sospechoso. Esas cosas ocurren a menudo.

Charly había recuperado su antigua autoestima, de modo que ya podía volver a comportarme con él como de costumbre.

—Vaya, entonces podemos dar gracias de que no te hayan tirado con un cubo de cemento atado al tobillo en el lago más próximo.

—Ja, ja, muy graciosa —Charly se nos quedó mirando expectante—. ¿A vosotros qué os parece?

—De alguna manera, lógico —opinó Rabanito.

Aunque me costaba reconocerlo para mis adentros, no tenía más remedio que admitir que el planteamiento de Charly tenía cierta coherencia. Fueran ciertos o no los móviles que Charly había expuesto, era indudable que únicamente los Papá Noeles y el detective, por la razón que fuera, habían podido querer darle una lección a Charly. Todos los demás que habían tenido la posibilidad de acercarse a la chaqueta de Charly ni siquiera le conocían. O, si le conocían, no tenían motivos para hacerle a Charly semejante canallada.

Aun así seguía quedando un pequeño problema.

—¿Cómo vamos a descubrir quién de los tres lo hizo? Y aunque lo consigamos, ¿cómo vamos a demostrarlo?

—¡Eh, tíos, eh! ¿Por qué no preguntamos a la simpática cajera de la sección de música? A lo mejor ha visto algo.

—¿Tú estás tonto? —exclamó Rabanito—. No se lo podemos preguntar. ¡Tenemos prohibida la entrada! Además, el que le encasquetó a Charly el CD lo robó, porque de haberlo comprado ya no habría llevado la etiqueta de seguridad.

—Rabanito tiene razón —dijo también Charly—. No nos queda otra alternativa que colgarnos otra vez de los Papá Noeles. Pero después de la jornada laboral.

—¡Eh, tío, eh! ¿Quieres decir cuando salgan del centro comercial?

—¡Exactamente! Alguna vez tendrán que sacar su botín para esconderlo o venderlo. Si los pillamos haciéndolo, ya los tenemos.

—¿Y por qué dices Papá Noeles? —quise saber yo—. Si ya sólo está el enano de jardín.

—¿Y los que están situados delante del comercio, qué? ¡Seguro que todos están compinchados!

—¿Y si ha sido el detective? —apuntó como posibilidad Rabanito.

—Eso da igual. Si lo hizo por envidia, será suficiente con que atrapemos a los Papá Noeles. A alguien que ha detenido a una banda de ladrones, ya no le dirá nadie a la cara que él es un ladrón.

—Otra vez tenemos que perseguir a escondidas a un tipo —suspiró Rabanito.

—¡Qué se le va a hacer! Así es el trabajo del detective —dijo Charly—. Nos vemos esta tarde donde Precioso para estar puntuales en la puerta del personal de Hurtig cuando vayan a salir los Papá Noeles después de su jornada laboral.

Si alguna vez llego a ser una detective de verdad, sólo resolveré mis casos en verano. Husmear por las esquinas de las calles esperando a cualquier tipo al que hay que vigilar ya es por sí solo suficientemente duro. En este aspecto ya pasamos lo nuestro en el caso de la señora Sulte-Stratmann. Pero cuando hace tanto frío como aquella tarde, cualquier profesión es mejor que ésta.

Como Charly temía que pudiéramos llegar tarde, nos encontramos demasiado pronto en nuestro escondite. Cuando por fin empezaron a salir los primeros empleados, yo ya sentía mis pies pegados al suelo como si se hubieran congelado. Y encima, transcurrió casi una eternidad hasta que apareció el Papá

Noel. Y con ello también terminó nuestra observación secreta.

—¡Eh, tíos, eh! ¡El enano de jardín!

Antes de que nos diéramos cuenta del porqué de la exclamación tan exaltada de Fede, Precioso ya se había lanzado. ¡Por qué no habríamos caído en eso! Si hubiera hecho más calor, nos hubiera delatado. El pobre se alegró tanto de ver a su nuevo amigo, que echó a correr con sus cortas patitas demasiado deprisa para lo congelado que estaba el suelo. Y aunque corría como todo un campeón, no avanzaba. Parecía como si tuviera una cinta mecánica bajo sus patas.

Charly fue el primero en reaccionar. Se lanzó sobre él y pudo pillarlo justo por el rabo. Precioso pegó un grito de dolor, pero al menos ya no pudo escapar. Charly lo levantó y se lo puso en brazos a Fede, que bufaba de rabia.

—¡Eh, tío, eh! ¡Le has hecho daño! Más te vale que no tenga roto el rabo.

—¿Ah, pero eso sería posible? —preguntó Rabanito.

—Pero bueno, vosotros estáis chiflados, ¿o qué? —la emprendió Charly con los dos—. ¿No tenéis nada mejor de qué preocuparos? Venga, larguémonos de aquí. ¡Acaba de salir también el detective!

Tan rápido como nos permitió el resbaladizo suelo, nos quitamos del medio antes de que nos reconociera alguien.

—Nuestro gozo en un pozo: los hemos perdido —dijo Fede varias calles más adelante.

Después de comprobar que su perro, además de algunos dientes y media oreja, no había perdido también el rabo, se había vuelto a tranquilizar.

Como contestación, Charly le dio una patada a una piedra y casi se cae de espaldas al hacerlo.

—¿Lo intentaremos mañana otra vez? —quise saber yo.

—¡Qué remedio! —despotricó Charly—. El tiempo apremia. ¡Después de Nochebuena será demasiado tarde! Para entonces Hurtig ya no necesitará a ningún Papá Noel.

—Bueno, aún quedan tres días —dije intentando consolar a Charly, y eso que estaba convencida de que lo que Charly se había propuesto no iba a funcionar en la vida.

Martes, 22 de diciembre

Mi abuela siempre dice: «Uno puede permitirse cometer errores siempre que aprenda de ellos.»

Y nosotros lo habíamos hecho. Estábamos embutidos en nuestras chaquetas más gruesas y nuestras botas más cálidas. Y además habíamos dejado a Precioso en casa, ya que allí tenía sus propios enanos de jardín para jugar.

Como si nuestro enano de jardín hubiera sabido que esta vez íbamos mejor preparados, él fue el primero en salir del centro comercial.

Justo cuando estábamos pisándole los talones, exclamó Rabanito:

—¡Ahí está también el detective! ¿A cuál de ellos vamos a seguir ahora?

Nos volvimos a meter al portal en el que habíamos estado escondidos.

—Nos pegaremos a Blumenthal —dijo Charly—, que es nuestro principal sospechoso...

—¡Eh, tíos, eh! —le interrumpió Fede—. ¡Si no nos ponemos en marcha ya, Papá Noel se nos va a esfumar!

Con mucho sigilo para que no nos descubrieran, nos pusimos en camino. El señor Stehle iba unos cuantos pasos por detrás del señor Blumenthal.

—¿Le estará siguiendo también? —pensó Charly en voz alta—. ¿Y qué llevará en ese bolso tan grande que arrastra?

—¿Tal vez un equipo completo de detective? —le pinché yo.

Charly no se inmutó.

—¡Mirad! —exclamó—. Blumenthal se ha parado. ¡Está esperando el tranvía!

Aunque casi no podíamos creerlo, el detective esperaba en la misma parada, pero esos dos no parecían hacerse caso.

Conseguimos meternos en el tranvía sin ser vistos. Tuvimos suerte de que, aparte de nosotros, hubiera mucha más gente esperando en la parada. De

esta forma, pudimos mezclarnos entre el gentío cuando por fin llegó el tranvía y sentarnos discretamente en la parte de atrás. Hasta quedaban dos bancos libres por delante de nosotros.

Afortunadamente, el señor Blumenthal y el señor Stehle eligieron asientos en la parte delantera del vagón.

—Al parecer Stehle no está siguiendo al enano de jardín —opinó Rabanito—. Porque se ha sentado unos cuantos asientos por delante de él y desde ahí no verá cuándo se baja.

—También podría ser un truco —señaló Charly,

como todo un profesional—. Tal vez lleve consigo un espejo de mano.

Yo consulté mi reloj. Ojalá esos dos se bajen pronto. Aunque todos habíamos pensado ya alguna excusa que justificara ante nuestros padres una posible tardanza, no podíamos retrasarnos demasiado en volver a casa.

Como si hubiera oído mi deseo, Stehle se bajó en la segunda parada. El señor Blumenthal se quedó sentado. Parecía como si ni siquiera hubiera visto al detective.

El tranvía no volvió a arrancar en seguida. Como yo conocía el trayecto, sabía el porqué. En ese punto se cruzaban siempre dos tranvías, de forma que uno tiene que esperar al otro. Así que pudimos observar que el detective pasaba por delante de nosotros por la calle sin volver a mirar hacia el vagón.

El barrio en el que nos encontrábamos no pertenecía precisamente a los mejores de la ciudad.

—¿Creéis que vive aquí? —pregunté por eso.

—A lo mejor —contestó Charly—. Pero tal vez sólo vaya a visitar a alguien.

Justo cuando acababa de decirlo, el detective se paró y miró a su alrededor, como si quisiera asegurarse de que no le veía nadie. Luego se dirigió hacia la puerta de un pequeño comercio que estaba justo en esa calle y llamó a la puerta.

—¡Eh, tíos, eh! ¿Qué está haciendo? Si ese comercio ya hace rato que ha cerrado.

No tuvimos ocasión de ver si alguien abría la puerta al señor Stehle, porque el tranvía se había vuelto a poner en marcha.

—Qué raro —dijo Rabanito—. ¿Qué querría ahí a estas horas?

Charly hizo un movimiento con la mano.

—De eso ya nos ocuparemos más tarde. Ahora le toca el turno a Papá Noel.

A nosotros nos pareció perfecto. Poco después, se dirigió a la puerta de salida y pulsó el botón de parada. Nosotros esperamos hasta que él se hubo bajado en la siguiente parada y saltamos del vagón en el último segundo. Tuvimos que tener mucho cuidado, porque al contrario que en la parada ante el centro comercial, aquí casi no había gente por las calles.

Después de que el señor Blumenthal torciera varias veces por diversas calles, se paró finalmente ante una casa. Rebuscó en su bolsa para encontrar la llave, abrió la puerta, entró y desapareció. Nosotros nos quedamos mirando la fachada.

—¡Eh, tíos, eh! ¡Pero si esto es un bloque de viviendas normal y corriente!

—¿Y tú qué creías? —le contesté yo—. ¿Que vivía en una cueva?

—No, pero podía haber ocurrido algo emocionante o sospechoso.

—Pues has tenido mala suerte —opinó Rabanito—. Volvamos a casa. Se ha hecho bastante tarde.

Un poco desilusionados nos pusimos de camino. Por suerte, nuestra persecución no había durado demasiado y aún podíamos llegar medianamente puntuales a casa. En seguida encontramos el camino de regreso a la parada y tampoco tuvimos que esperar mucho al tranvía con el que volver.

Cuando llegamos a la parada en la que se había bajado el señor Stehle, volvimos a acordarnos del asunto del comercio. Como el tranvía volvió a quedarse parado durante unos minutos, tuvimos ocasión de fijarnos más detenidamente.

—¿Podéis leer lo que pone sobre el escaparate? —preguntó Fede.

—Compraventa —descifró Charly—. Compraventa —repitió nuevamente pensativo—. Ésa sería la dirección exacta para alguien que quisiera vender cosas robadas.

—Sólo que desgraciadamente ha entrado el sospechoso equivocado.

—¡Eh, tíos, eh! Pero llevaba esa bolsa consigo. ¿Qué es lo que llevaría ahí dentro?

No fui capaz de dejar pasar esta ocasión.

—Pues ya lo he dicho, un equipo completo de detective.

—¿Qué te pasa a ti hoy con eso del equipo de detectives, que no haces más que nombrarlo? —preguntó Rabanito.

¿Debía decírselo, o debía ahorrarle a Charly esto?

Charly pareció adivinar mis pensamientos e inició la defensa de frente.

—Sólo lo dice porque yo también me llevé mi equipo al centro comercial —explicó, mientras su cara iba retomando un color cada vez más saludable—. Una linterna y eso... Nunca se sabe cuándo se va a necesitar.

—¿Una linterna? —dijo Rabanito con voz burlona.

A saber cómo hubiera reaccionado ante «El Pequeño Sherlock Holmes», incluido el equipo para detectar huellas dactilares.

—¡Eh, tío, eh! Entonces tu armario no estaba vacío como nosotros creíamos. Ya me extrañaba a mí que siempre estuviera cerrado con llave, aunque no estuvieras de servicio. ¿Cómo has podido llevar esas cosas al centro comercial sin que nosotros nos enterásemos?

—En la bolsa en que llevaba el bocadillo.

De repente, Charly se estremeció.

—¡Estefi, tía! ¡Cómo no me habré dado cuenta antes! ¿Qué fue lo que dijo el detective cuando estábamos en el despacho de Grossmann?

No tenía ni idea de adónde quería ir a parar.

—Que no nos dejáramos ver nunca más por el centro comercial.

Entonces supe a lo que se refería.

—¡Exacto! Dijo que el de las manos largas recogiera sus cosas antes de irse. Pero si ni siquiera nosotros sabíamos que tu armario no estaba vacío, ¿cómo lo sabía él?

—Para eso sólo hay una explicación —dijo Charly en voz baja—. Miró dentro. Y fue cuando puso el CD en mi chaqueta.

—¡Eh, tíos, eh! Entonces sí que fue el detective, ¿no?

Charly asintió.

—¡Tuvo que ser él!

—Pero no podemos probarlo —añadí yo.

—Tal vez sí podamos, si le preguntamos a la dependienta de música —dijo precisamente Rabanito.

—¡Eh, tío, eh! Si tenemos prohibida la entrada. Rabanito, tú mismo lo dijiste. ¿Y qué pasa si nos pillan?

—Tendremos que arriesgarnos —opinó Charly—. Entraremos a hurtadillas. A lo mejor tenemos suerte y no nos reconoce nadie. Y si nos reconocen, ya se nos ocurrirá alguna excusa. En ese caso tendremos que improvisar.

Yo ya conocía las improvisaciones de Charly. La mayoría de las veces se reducían a que él no soltaba ni una sola palabra y yo era la que tenía que pensar en algo. Pero aun así la idea de Rabanito me pareció buena. Con un poco de suerte, pronto sabríamos si había sido el detective el que le había endiñado el CD a Charly.

8
Precioso salda su cuenta

Miércoles, 23 de diciembre

Lo mejor del último día de clase antes de las vacaciones de Navidad es que podemos irnos a casa antes del recreo. Y así fue también esta vez. Por ello, disponíamos de tiempo suficiente para llevar a cabo nuestro «peligroso plan», como lo llamaba Charly.

Por una de las entradas laterales nos colamos en el centro comercial. A cada paso que dábamos, mirábamos a nuestro alrededor para asegurarnos de que no había nadie que pudiera reconocernos. Y así conseguimos finalmente llegar sin ser vistos a la sección de música. Lo que seguramente nos ayudó mucho a lograrlo fue que estaba tan lleno de gente como un sábado. De repente me alegré de que nos hubieran despedido, aunque el dinero me hubiera ido bien.

En la caja de la sección de música había otra dependienta.

—¡Mierda! —exclamó Charly en voz baja.

Luego miramos más detenidamente a nuestro alrededor y encontramos finalmente a «nuestra vendedora». Estaba junto a una estantería reponiendo CD nuevos.

—Espero que no sepa que nos han prohibido la entrada —me susurró Rabanito.

Al vernos, nos saludó sonriente.

—¡Ah, sois vosotros! ¿Queréis comprar otro CD para vuestros abuelos por Navidad?

—No, hoy venimos por otro asunto —contestó Charly yendo directamente al grano—. Queríamos preguntarle si usted se acordaría de quién compró un CD.

—¿A qué CD os referís?

Le dijimos el título, que yo probablemente no olvidaré en la vida.

—Y la etiqueta de seguridad no había sido retirada... —añadió Fede.

La agradable vendedora hizo memoria durante un momento, pero luego movió la cabeza.

—No, lo siento, pero no me acuerdo. Y del título menos. Ya podréis imaginaros la cantidad de CD que vendemos por estas fechas. Es imposible que me acuerde de cada uno de ellos. Además, como podéis ver, no siempre estoy en la caja.

¡Otra vez cero pelotero!

—Sólo recuerdo un detalle referente a las etiquetas de seguridad —continuó diciendo—. Hace unos días, el señor Stehle cogió un CD prestado y me pidió que no le quitara la etiqueta de seguridad de la funda. Quería comprobar si funcionaba la alarma. Pero ya me lo ha devuelto. Creo que lo devolvió el mismo día. Pero desgraciadamente ya no recuerdo qué CD era.

Ni falta que hacía. Nosotros ya lo sabíamos. La culpabilidad del detective estaba probada.

A pesar de que apenas podíamos disimular nuestra emoción, salimos del centro comercial tan sigilosos y vigilantes como habíamos entrado, no sin antes darle debidamente las gracias a la vendedora y desearle una feliz Navidad.

Pero una vez fuera dimos rienda suelta a nuestras emociones.

«¡Eh, tíos, eh! Esto es la bomba», «¡cerdo asqueroso!» y «¡ya lo tenemos!» fueron las expresiones más suaves.

Después, volvimos a concedernos otra Coca-Cola y una hamburguesa. Para eso aún nos llegaba lo que nos había sobrado del fondo común, después de haber comprado en los últimos días los regalos de Navidad imprescindibles.

—Pero seguimos sin saber por qué lo ha hecho —dijo Rabanito con la boca llena.

—Ha de tener algo que ver con ese comercio

—dije yo, convencida ahora de que con ese detective ocurría algo raro—. ¿Qué opináis, deberíamos ir a la policía?

Pero Charly no quiso saber nada de eso.

—Eso no servirá de nada. ¡Tendrían que pillarle con las manos en la masa!

—Sí, ¿pero cómo? —quise saber yo.

—Esta tarde tendremos que volver a vigilar ese comercio. Tal vez vaya allí de nuevo.

—¡Eh, tíos, eh! ¿Otra vez? ¡Yo ya no sé qué le voy a decir a mi madre!

—Ya se te ocurrirá algo. Además, seguramente será la última vez. ¡Esta noche le echaremos el guante!

—A mí no me apetece volver allí —dijo Rabanito—. Es un rincón bastante siniestro.

—¡Eh, tíos, eh! ¡Nos llevaremos a Precioso! ¡Él nos protegerá!

Yo pensé que Precioso probablemente era el único perro en todo el mundo que tenía miedo hasta de un conejo. Pero aun así, yo también prefería llevarlo.

Fue bastante difícil convencer a mamá y papá de que el último día de clase antes de las vacaciones Rabanito y yo preferíamos ir a casa de un compañero de clase a estudiar *Mates,* en lugar de quedarnos a preparar dulces de Navidad. Por ello llegamos demasiado tarde a nuestro punto de encuentro. Fede y Charly ya nos estaban esperando, y eso que Fede antes había tenido que ir a recoger a Precioso.

Durante todo el trayecto hacia el misterioso comercio, Charly nos estuvo dando la paliza con que seguramente llegaríamos tarde. Y tuvo razón. Cuando por fin llegamos, el tranvía que habíamos cogido la tarde anterior ya se había ido. Nos escondimos tras la esquina de una casa y esperamos al siguiente. Tal vez esa tarde el detective también había perdido el tranvía. Por desgracia no fue así. Al menos el detective no apareció.

—¡Qué rabia! —exclamó Charly

—¡Eh, tío, eh! ¡Tranquilízate! A lo mejor viene sentado en el próximo.

Charly movió la cabeza.

—No lo creo. Probablemente estará ya dentro.

Tenemos que acercarnos a hurtadillas al comercio e intentar mirar por una ventana.

—¿Y si nos pillan? —exclamó Rabanito.

—En el centro comercial no nos pilló nadie —contestó Charly—. Además, no hubiera sido necesario si vosotros no os hubierais retrasado.

Agachados, como se suele ver en las películas, cruzamos la calle hacia el pequeño comercio. Pero al principio eso tampoco nos ayudó nada. En la fachada delantera de la casa, las ventanas tenían las per-

sianas echadas, y en la trasera, no había ninguna ventana iluminada. Cuando volvimos a examinar nuevamente la fachada que daba a la calle, Fede me agarró de repente.

—¡Eh, tía, eh! ¡Mira lo que pone aquí!

Señaló un pequeño letrero descolorido que estaba colocado en la puerta: «Propietario: Pit Kulmann».

—No es posible —susurró Rabanito—. ¿Será nuestro Pit? ¡Entonces, no es ningún estudiante!

—Pues claro que es Pit —susurró Charly—. Esto no puede ser casualidad. Ahora sí que podemos llamar a la policía.

—Pero si no sabemos si él está ahí dentro. Ni tampoco si Stehle está con él.

—¡Da igual! Tenemos pruebas suficientes. ¡Larguémonos de aquí! Ya he localizado dónde hay una cabina telefónica.

Charly no se dejó privar de ser él mismo el que llamara. Y nosotros ni siquiera intentamos persuadirle. Introdujo una tarjeta telefónica —incluso en eso había pensado— en la rendija y marcó el número de la policía.

—Sí, buenas tardes —dijo tan tranquilo como le fue posible dada su temblorosa voz—. Queremos informar de un crimen.

¡Crimen! Yo pensaba que no había oído bien. Giré mi dedo índice sobre la frente, pero Charly no se dejó distraer por mi gesto.

—¿Qué crimen? Pues un robo. Es el detective del centro comercial Hurtig. Su nombre es Stehle. En este momento ha entrado en un comercio sospechoso que pertenece a su cómplice. Éste se llama Pit y trabajaba de Papá Noel en Hurtig. Tal vez incluso haya más Papá Noeles involucrados en esto.

Charly hizo una pequeña pausa, porque al parecer alguien al otro lado de la línea le estaba hablando.

—¿Que cuántos años tengo? —preguntó Charly entonces—. ¿Por qué quiere saberlo?

Nuevamente una pausa.

—¡Dieciocho! —dijo intentando hacer parecer su voz lo más grave posible; no le salió muy bien.

Después, la pausa fue más larga, pero más larga aún era la cara que se le estaba poniendo a Charly.

—¡Oiga, no le estoy mintiendo! —exclamó de repente—. ¡Por favor, créame! ¡Estamos vigilando una casa extremadamente sospechosa! ¿Oiga?

Apartó el auricular de la oreja y se lo quedó mirando estupefacto.

—Han colgado. Han colgado, así sin más.

—No van a venir, ¿verdad? —preguntó Rabanito innecesariamente.

—Así es. ¡No me han tomado en serio!

—Bueno, eso no es nada nuevo —dije sin poder reprimirme.

Charly no me replicó.

—¡Y sólo porque somos niños!

—¿Y si fuera un adulto el que llamara por nosotros? —propuso Fede—. Por aquí tiene que vivir alguien que quiera ayudarnos.

—¿Dónde? —le pregunté yo—. Y además, ¿qué vamos a decirle? ¿Que estamos vigilando una banda de ladrones?

Charly movió la cabeza.

—Eso seguro que tampoco nos lo creen. Sin embargo, podríamos hacer que avisaran a la policía por otro asunto. ¡Qué más nos da por qué motivo vengan! Lo importantes es que lo hagan.

—¿Y de qué quieres informar?

—Por ejemplo, de que alguien ha atropellado a Precioso y luego se ha fugado.

—¡Eh, tío, eh! ¡De eso nada!

Charly tuvo que emplearse a fondo para persuadir a Fede de que también Precioso tenía que aportar su parte para la resolución de aquel «crimen», como él lo llamaba.

—Al fin y al cabo, por su culpa ha ocurrido todo —dijo—. Ahora tiene la ocasión de saldar su cuenta.

Después de algunas discusiones, el plan había quedado perfecto. Justo al otro lado de la calle había una casa que imprimía más o menos confianza. Las ventanas estaban adornadas con estrellas y luces de colores, y muchas de las ventanas estaban iluminadas. Allí seguro que nadie nos haría nada.

Cruzamos y pulsamos el timbre de abajo. Sorprendentemente, unos instantes después escuchamos el zumbido del portero automático abriendo la puerta. Nosotros nos quedamos esperando en el portal, mientras Charly subía los pocos escalones hasta las viviendas del primer piso. Dubitativo, se quedó en mitad del rellano mirando las puertas cerradas. Poco después, una de ellas se abrió. Posiblemente habían estado espiando a través de la mirilla, para ver quién era. Y como de un niño no tiene miedo casi nadie...

Al principio no pude ver quién había abierto la puerta, pero después la persona en cuestión dio un paso hacia delante. Era una mujer. Detrás de ella se habían escondido dos niños pequeños que miraban

con curiosidad a izquierda y derecha de las piernas de su madre.

—Por favor, ¿podría usted llamar por nosotros a la policía? —dijo Charly entrándole a saco.

La mujer, asustada, retrocedió un paso.

—¿A la policía? ¡Cielo santo! ¿Por qué a la policía?

—Nuestro perro ha sido atropellado. ¡Probablemente tiene heridas internas! Y el conductor ha huido —dijo Charly con cara de pena señalando a Fede.

Éste sostenía a Precioso en brazos y le había echado su chaqueta por encima para que no se notara que no le pasaba nada. Únicamente su hocico asomaba por debajo. Nuestra bola de pelo silbaba por su hueco de la dentadura, como hacía siempre cuando estaba nervioso. Aunque esta vez me parecía mucho más escandaloso que de costumbre. O Precioso estaba especialmente nervioso o los silbidos hacían eco en el hueco de la escalera. La cuestión es que a la mujer le impactó bastante.

—¡Pobre animalito! —exclamó—. ¡Si hasta ha perdido algunos dientes en el accidente!

—Entonces, ¿va usted a llamar ahora? —preguntó Charly impaciente.

Yo pensé que la señora iba a empezar a sospechar.

—Claro que lo haré —dijo sin embargo—. Esperad aquí un momento. ¿Queréis que llame también al veterinario?

—Eh...

—¡Eso ya lo hará la policía! —dije yo en seguida—. ¡Bueno, nosotros esperaremos aquí fuera, delante de la casa!

—Está bien, como queráis. Voy a llamar ahora mismo —y volvió con sus niños al piso, cerrando la puerta tras de sí.

Charly nos guiñó un ojo mientras bajaba la escalera.

—Ahora larguémonos de aquí. Espero que mientras tanto Stehle no se haya esfumado.

Es verdaderamente genial lo rápida que puede llegar a ser la policía. Acabábamos de cruzar al otro lado de la carretera cuando un coche patrulla con todas las luces encendidas paró a nuestro lado.

—¡Sólo les falta la sirena! —me murmuró Fede—. Me parece que se han pasado.

Los dos policías que bajaron del coche me recordaban al Gordo y el Flaco. Uno era joven y esmirriado y el otro más mayor y más gordo.

—¿Habéis sido vosotros los que habéis avisado del accidente? —preguntó el esmirriado.

—En cierto modo, por así decirlo —contestó Charly.

—¿Y eso qué quiere decir?

—Bueno, pues que en realidad no ha habido ningún accidente. Ustedes debían venir por otro motivo.

—¿Qué?

—Es que en ese comercio de ahí se ha escondido una banda de ladrones.

—¿Cómo dices?

—Y nosotros queríamos preguntarles si ustedes no podrían detenerlos.

—¡Pero bueno! —dijo esta vez el gordo—, ¿vosotros qué os habéis creído? ¡Hacernos venir para vuestros juegos infantiles! ¿Habéis visto demasiada televisión, o qué?

—¡Esto no es ningún juego! —exclamó Charly, indignado—. Se trata de una banda de ladrones de verdad. Y entre ellos se encuentra un detective de un centro comercial, que también es un ladrón.

—¡Vale, ya es suficiente! —despotricó el flaco—. Vosotros pensáis que tenéis licencia para todo, ¿verdad? Esto les va a salir muy caro a vuestros padres. ¡Os lo prometo! Y además, ¿cómo os permiten andar a estas horas por la calle?

—¡Eh, tío, eh! ¡Lo que ha dicho Charly es cierto! Los tipos de ese comercio son ladrones de verdad. ¡Y a Charly le metieron a escondidas un CD en la chaqueta!

—¡Habráse visto! ¿Os habéis creído que somos tontos? ¡Eso se lo cuentas a tu abuelo!

Probablemente la cosa hubiera seguido todavía un rato largo y no nos hubiéramos dado ni cuenta de lo que estaba ocurriendo a nuestras espaldas. Pero por suerte llevábamos a Precioso. Sin previo aviso saltó de los brazos de Fede y echó a correr.

—¡Eh, tío, eh! —exclamó Fede tras él—. ¡Para!

—¿Qué le pasa al perro? —preguntó el policía gordo.

—¡El enano de jardín! —exclamó Rabanito—. ¡Por allí viene el enano de jardín!

—¿Que viene quién?

—¡Ése es Papá Noel! —exclamó Charly—. Nuestro ex jefe. ¡Conque él también está metido en esto…!

Al parecer, el señor Blumenthal, que venía hacia nosotros desde el lado opuesto de la calle, necesitó algún tiempo hasta que comprendió lo que esta-

ba pasando. Pero luego, cuando reconoció a Precioso, se dio media vuelta y echó a correr todo lo rápido que su barrigón le permitía.

Si nosotros no hubiéramos gritado como locos tras Precioso, éste seguramente habría seguido a su juguete viviente durante media noche. Pero volvió con nosotros con el rabo entre las patas.

—¿Ha visto usted eso? —exclamó Charly—. ¡Ese tipo ha huido! ¿Es que no va a ir en su busca y captura?

—¿Y quién dice que estaba huyendo? —le contestó el policía flaco—. Sólo corría para escapar del perro. Tendría miedo.

—¿Miedo? —exclamé yo—. ¿Ustedes imaginan a alguien que pueda tener miedo de este perro?

Los policías se quedaron mirando a Precioso, que yacía ante ellos temblando, silbando y con la lengua a rastras.

—¿Y si los chicos tienen razón? —preguntó el gordo.

—¿No irás a tragarte esta pantomima? ¡Esto sólo es una broma pesada, nada más!

El policía gordo movió la cabeza.

—No sé, no sé. Aquí hay algo que huele mal.

—¡Ya lo creo! —dijo el flaco—. Todo este asunto huele mal.

—No, no. Llamaré a los colegas de la brigada criminal. Por si acaso.

Al oír mencionar a la «brigada criminal», Charly se encogió y abrió los ojos como platos. Por desgracia, el gordo cerró las puertas del coche mientras hablaba con sus colegas. Por más que afiné el oído, no pude captar ni una palabra.

Entre tanto, su compañero apuntó nuestros

nombres y nuestras direcciones, mientras una y otra vez resoplaba por la nariz y movía la cabeza.

Cuando el policía gordo salió del coche patrulla, llevaba cara de meditabundo y se rascaba la cabeza.

—¿Y…? ¿Qué pasa? —quiso saber el flaco.

—No te lo vas a creer, pero nuestros colegas han dicho que esta dirección no les es desconocida. Parece que están trabajando en un caso. Dicen que sobre todo llevemos a los niños a comisaría y que les demos sus direcciones por radio para que ellos mientras tanto puedan avisar a sus padres.

—¡Esto se pone cada vez mejor! Por mí, vale. De todas formas ahora la cosa está tranquila.

—¿Y no podríamos quedarnos aquí? —suplicó Charly—. Me gustaría tanto estar presente cuando detengan a los delincuentes... ¡Nosotros podríamos ayudar!

El gordo se echó a reír.

—Sí, lo que faltaba. ¡De eso nada! Entrad en el coche, y… ¡carretera y manta!

Aunque Charly estaba muy desilusionado porque no le dejaban estar presente durante la detención, a mí todo aquello me pareció *guay*.

Nunca antes había montado en un coche de la policía. Continuamente escuchábamos palabras incomprensibles salir de un altavoz, probablemente del canal de la policía.

También en la comisaría todo fue muy emocionante. Seguimos a los policías por un largo pasillo. Miré a Charly. Pocas veces le había visto tan radiante. Con cada paso que daba se crecía más. Creo que ninguno de los regalos que pudiera recibir por Navidad superaría esta aventura.

Los policías nos condujeron a una sala de reuniones y nos invitaron a una Coca-Cola. Poco después entró un señor sin uniforme.

—Soy el Inspector Jefe Stecker, de la brigada criminal —se presentó, y se sentó con nosotros a la mesa.

El gordo y el flaco le habían saludado escuetamente con un movimiento de cabeza y luego se habían despedido. Seguramente aún se pasarían media noche hablando de nosotros.

—A ver, contadme —comenzó el señor Stecker.

Ése era el momento que Charly había estado esperando. Yo tenía claro que, durante la próxima media hora, los demás no íbamos a tener posibilidad alguna de meter baza. Y así fue. Mientras Charly le rebozaba con su vendaval de palabras, el señor Stecker iba tomando notas. Un par de veces me di cuenta de que tuvo que aguantarse la risa. La primera vez, nada más empezar, cuando Charly le explicó largo y tendido que ellos dos eran, por así decirlo, colegas, al menos un poco. Y luego también al final del todo, cuando estaba contando lo del «accidente» de Precioso. Pero todo lo demás parecía interesarle mucho.

—¿Pero han detenido ya a esos delincuentes? —preguntó Charly al final de su informe.

—No corras tanto —se rió el señor Stecker—. Aquí las cosas no funcionan tan rápidas como en la televisión.

—Pero cuando lo hagan, ¿podremos estar nosotros también?

—¡De ninguna manera! Vuestros padres vendrán en seguida a recogeros.

Y así fue. Poco después se abrió la puerta y todo lo que Charly & Company podía ofrecer en padres invadió la sala. Al principio se armó un gran revuelo, pero después, cuando poco a poco se fueron enterando de nuestra historia, creo que incluso se sintieron orgullosos.

—Ahora sí que nos tenemos que ir —dijo la madre de Charly finalmente—. Ya se ha hecho tarde y, después de tantas emociones, tienes que estar cansado, cariñín mío.

—¡Mamá! —le bufó Charly con la cara colorada como un tomate—. ¡No estoy cansado! ¡Y me llamo Charly, no cariñín!

—Ya, ya. ¡Pero de todas formas tenemos que irnos ahora, cariñín!

Una vez en casa tuvimos que volver a contar toda la historia a nuestros sorprendidos padres. Era ya muy tarde cuando Rabanito y yo nos fuimos a la cama. Y aún tardé mucho rato hasta que pude quedarme dormida.

Jueves, 24 de diciembre

Aquella Nochebuena el reparto de regalos de Navidad comenzó ya por la mañana. Aún no habíamos terminado de desayunar cuando sonó el teléfono. A mí siempre me sienta fatal si me molestan cuando estoy comiendo. A pesar de ello, fui yo la que se levantó a coger el teléfono.

No me dio casi tiempo ni a decir mi nombre, cuando Charly ya me gritó al oído:

—¡Estefi, esto es demasiado! ¿Lo has leído ya?

—No. ¿El qué?

—¡El periódico! ¡Viene en el periódico! ¿Lo tienes ahí a mano?

Yo fui en seguida a cogerlo. Después de buscar un poco, encontré a lo que se refería Charly. Sólo era un corto artículo bajo la columna titulada: «Corto y Sabroso».

De todas formas, casi no podía creerme lo que ponía:

Poco van a poder disfrutar de estas fiestas navideñas los miembros de una banda de ladrones y encubridores que la policía logró apresar ayer. Según informes de la misma policía, los delincuentes se dejaban contratar como Papá Noeles por los grandes almacenes para, bajo sus amplios abrigos, esconder los artículos robados que sustraían a sus clientes. Erwin B. (48) y Kurt S. (46) habían camuflado su organización delictiva como Agencia de Papá Noeles. Para poder deshacerse cuanto antes del «caliente material», colaboraban así mismo con el encubridor Pit K. (34). Parecen haber perjudicado especialmente a un conocido centro co-

mercial en el que el detective de la casa, precisamente, Josef S. (39), les cubría las espaldas. Curiosamente fueron unos niños los que posibilitaron su detención, un golpe duro sin duda para los delincuentes. Las cuatro «jóvenes promesas», que se denominan a sí mismos como banda de detectives, se encontraron de forma casual con las intrigas de los criminales. Ahora, según nos informa el conocido centro comercial, podrán contar con una recompensa. De modo que: ¡Feliz Navidad!

—¡Sólo me molesta que ese estúpido reportero no mencione nuestros nombres! ¡Y que tengan que escribir banda de detectives! ¿Acaso es tan difícil entender que somos una Agencia de Detectives? —gritó Charly por el teléfono—. Pero lo de la recompensa es genial, ¿verdad? ¿Tú qué crees que nos darán? A lo mejor nos dejan escoger algo del centro comercial. ¡Yo por si acaso iré pensando en lo que escogería! ¡Bueno, ahora tengo que llamar a Fede! ¡Seguro que le da un telele! Y tú cuéntaselo a Rabanito. Ah, por cierto: ¡Feliz Navidad!

—Feliz Navidad, jefe —contesté, pero para entonces ya había colgado.

Si era cierto lo que Charly suponía y podíamos elegir algo del centro comercial, no sería necesario que Charly se exprimiera mucho los sesos. Hurtig era un almacén muy grande. Seguro que también tenían una sección de reparación de ordenadores.